新　潮　文　庫

半　七　捕　物　帳

江戸探偵怪異譚

岡本綺堂著
宮部みゆき編

新　潮　社　版

11243

編者より

このたび、捕物帳の原点である「半七捕物帳」シリーズから作品をセレクトし、新潮文庫ｎｅｘの一冊としてまとめるという名誉ある役目を仰せつかりました。本邦ミステリー界では既に古典として評価の定まっているこのシリーズ、多様な形で上梓《じようし》され、アンソロジーも編まれていますが、今回は特に、初めて半七親分と出会う若い読者の皆さんに興味を持っていただけそうな八つの事件を選んでみました。

一人の半七ファンとして、作者の岡本綺堂と次世代の読者の皆さんの仲を取り持つ月下氷人の役割を果たすことができるならば、これにまさる喜びはありません。江戸の町の四季折々の風物と、謎《なぞ》と怪奇と半七親分の活躍を、どうぞご堪能ください。

ワンポイント読みどころ案内

「雪達磨《ゆきだるま》」雪達磨のなかに遺体が！　冒頭に半七の縄張りについての説明あり。

「お文《ふみ》の魂」事件ものの余韻に実話怪談テイストが漂う。シリーズの振り出しとしても必須。

「山祝いの夜《よ》」箱根という著名な旅籠《はたご》町が舞台の旅情サスペンス。

「筆屋の娘」若い娘の淡い色香が漂う。現代でもありそうで怖い事件。

「勘平の死」素人芝居の楽しさと凄惨《せいさん》な事件の取り合わせ。

「槍《やり》突き」無差別殺人の心理。

「少年少女の死」水出しという子供の玩具《おもちゃ》が鍵《かぎ》となる事件。

「津の国屋」怪異譚《たん》と思わせて実はリアルな事件もの。半七ワールドの粋がここに。

令和元年十月

宮部みゆき

目次

半七捕物帳

江戸
探偵
怪異譚

Okamoto Kido
The Curious Casebook of
Inspector Hanshichi
Detective Stories of Old Edo

雪達磨

一

改めて云《い》うまでもないが、ここに紹介している幾種の探偵ものがたりに、何等《なんら》かの特色があるとすれば、それは普通の探偵的興味以外に、これらの物語の背景をなしている江戸のおもかげの幾分をうかがい得られるという点にあらねばならない。わたしも注意して、半七老人の談話筆記をなるべく書き誤らないように努めているつもりであるが、その説明がやはり不十分のために、往々にして読者の惑いを惹《ひ》き起す場合がないとは限らない。

これらの物語について、こういう不審をいだく人のある事をしばしば聴いた。それは岡っ引の半七が自分の縄張りの神田以外に踏み出して働くことである。岡っ引にはめいめいの持ち場がある。それをむやみに踏み越えて、諸方で活動するのは嘘《うそ》らしいというのである。それは確かにごもっともの理窟《りくつ》で、岡っ引は原則として自分だけの縄張り内を守っているべきである。仲間の義理としても、他の縄張りをあらすのは遠慮しなければならない。しかし他の縄張りを絶対に荒らしてはならないというほどの窮屈な規則も約束もない。今日でも某区内の犯罪者が他区の警察の手にあげられる場合もある。まして江戸の時代に於《お》いて、たがいに功名をあらそう此の種の職業者に対して、絶対にその職務執行範囲を制限するなどは所詮《しょせん》できることではない。半七がどこへ出しゃばっても、それは嘘でないと思って貰《もら》いたい。

「これはわたくしの縄張り内ですから、威張って話せますよ」と、半七老人が笑いながら話し出したのは、左の昔の話である。

文久元年の冬には、江戸に一度も雪が降らなかった。冬じゅうに少しも雪を見ないというのは、殆《ほとん》ど前代未聞《みもん》の奇蹟《きせき》であるかのように、江戸の人々が不思議がって云いはやしていると、その埋め合わせというのか、あくる年の文久二年の春には、正月の元旦《がんたん》から大雪がふり出して、三ガ日の間ふり通した結果は、八百八町を真っ白に埋めてしまった。

故老の口碑によると、この雪は三尺も積ったと伝えられている。江戸で三尺の雪——それは余ほど割引きをして聞かなければならないが、ともかくも其《そ》の雪が正月の二十日頃まで消え残っていたというのから推し量ると、かなりの多量であったことは想像するに難くない。少なくとも江戸に於いては、近年未曾有《みぞう》の大雪であったに相違ない。

それほどの大雪にうずめられている間に、のん気な江戸の人達は、たとい回礼に出ることを怠っても、雪達磨《ゆきだるま》をこしらえることを忘れなかった。諸方の辻々《つじつじ》には思い思いの意匠を凝らした雪達磨が、申し合わせたように炭団《たどん》の大きい眼をむいて座禅をくんでいた。ことに今年はその材料が豊富であるので、場所によっては見あげるばかりの大達磨が、雪解け路《みち》に行き悩んでいる往来の人々を睥睨《へいげい》しながら坐《すわ》り込んでいた。

しかもそれらの大小達磨は、いつまでも大江戸のまん中にのさばり返って存在することを許されなかった。七草《ななくさ》も過ぎ、蔵開きの十一日も過ぎてくると、かれらの影もだんだんに薄れて、日あたりの向きによって頭の上から融《と》けて来るのもあった。肩のあたりから頽《くず》れて来るのもあった。腰のぬけたのもあった。こうして惨《みじ》めな、みにくい姿を晒《さら》しながら、黒い眼玉ばかりを形見に残して、かれらの白いかげは大江戸の巷《ちまた》から一つ一つ消えて行った。

その消えてゆく運命を荷《にな》っている雪達磨のうちでも、日かげに陣取っていたものは比較的に長い寿命を保つことが出来た。一ツ橋門外の二番御火除《ひよ》け地の隅に居据《いすわ》っている雪だるまも、一方に曲木《まがき》家の御用屋敷を折り廻しているので、正月の十五日頃までは満足にその形骸《けいがい》を保っていたが、藪入《やぶい》りも過ぎた十七日には朝から寒さが俄《にわ》かにゆるんだので、もう堪《た》まらなくなって脆《もろ》くもその形をくずしはじめた。これは高さ六、七尺の大きいものであったが、それがだんだんとくずれ出すと共に、その白いかたまりの底には更にひとりの人間があたかも座禅を組んだような形をしているのが見いだされた。

「や、雪達磨のなかに人間が埋まっていた」

この噂《うわさ》がそれからそれへと拡《ひろ》がって、近所の者どもはこの雪達磨のまわりに集まった。雪のなかに坐っていたのは四十二三の男で、さのみ見苦しからぬ服装《みなり》をしていたが、江戸の人間でないことはすぐに覚《さと》られた。男の死骸《しがい》は辻番から更に近所の自身番に運ばれて、町奉行所から出張した与力同心の検視をうけた。

男のからだには致命傷《ちめいしょう》とも見るべき傷のあとは認められなかった。刃物で傷つけたような跡もなかった。絞め殺したような痕《あと》も見えなかった。寒気のために凍死したのか、あるいは病気のために行き倒れとなったのかと、役人たちの意見はまちまちであったが、普通の凍死か行き倒れであるならば、雪達磨のなかに押し込まれている筈《はず》がない。これを発見した者はすぐに辻番か自身番へ届けいづべきである。これほどの大きい雪達磨をわざわざこしらえて、そのなかに死骸を忍ばせておく以上、それには何かの仔細《しさい》がなければならない。彼の死因には何かの秘密がまつわっているものと、役人たちは最後の断案をくだした。

「それにしても、この雪達磨を誰が作ったのか」

役人たちは当然の順序として、まずその詮議《せんぎ》に取りかかった。町内の者もことごとく吟味をうけたが、誰もこの雪達磨を作ったと白状する者はなかった。かれらの申し立てによると、この雪達磨は三日の夜のうちに何者にか作られたのであるが、前にもいう通り、雪が降れば誰かの手に依《よ》って必ず一つや二つの雪達磨は作られるのであるから、この大きい雪達磨が一夜のうちに出現したのをみても、誰も別に怪しむものもなかった。おおかた町内の誰かが拵《こしら》えたのであろうぐらいに思って、なんの注意も払わずに幾日をすごしたのであった。殊《こと》にこの近所には武家屋敷が多いので、それは町人がこしらえたのか、武家の若い者どもが作ったのか、それすらも確かには判《わか》らなかった。

勿論《もちろん》これほどの雪達磨が自然に湧《わ》き出してくる筈はない。必ずその製作者はどこにか潜《ひそ》んでいるには相違ないのであるが、こうなっては誰も名乗って出るものもない。なにかの手がかりを見付け出すために、達磨は無残に突きくずされて其の形骸は滅茶苦茶《めちゃくちゃ》に破壊されてしまったが、男の死骸以外にはなんの新らしい発見もないらしかった。くずれた雪はその証跡を堙滅《いんめつ》せんとするかのように次第々々に消え失《う》せて、いたずらに泥水となって流れ去った。

「旦那《だんな》がた、御苦労さまでございます」

ひとりの男が自身番のまえに浅黒い顔を出した。かれは三河町の半七であった。八丁堀同心の三浦真五郎は待ち兼ねたように声をかけた。

「おお、半七、遅いな。貴様の縄張り内で飛んでもないことが始まったぞ」

「それを聞くと、わたくしもびっくりしました。で、もう大抵お調べも届きましたか」

「いや、ちっとも見当が付かない。死骸はここにある。よく見てくれ」

「ごめんください」

半七はすすみ寄って、そこに横たえてある男の死骸をのぞいた。男は手織り縞《じま》の綿衣《わたいれ》をきて、鉄色木綿の石持《こくもち》の羽織をかさねていた。履物はどうしてしまったのか、彼は跣足《はだし》であった。半七は丁寧に死骸をあらためたが、やはり何処《どこ》にも致命傷らしいあとを発見することが出来なかった。

「どうも判りませんね」と、彼も眉《まゆ》をよせた。「まあ、ともかくも其の現場を見とどけてまいりましょう」

役人たちに会釈《えしやく》して、半七は雪達磨の融けたあとを尋《たず》ねて行った。そこらには雪どけの泥水と、さんざんに踏みあらした下駄の痕とが残っているばかりで、近所の子供や往来の人達がそれを遠巻きにして何かひそひそとささやき合っていた。その雑沓《ざっとう》をかき分けて、半七は足駄《あしだ》を吸いこまれるような泥水のなかへ踏み込んだ。そうして、油断なくその眼を働かせているうちに、彼はまだ幾らか消え残っている雪と泥との間から何物をか発見したらしく、身をかがめてじっと眺めていた。

彼はそれから少時《しばらく》そこらを猟《あさ》っていたが、ほかにはなんにも新らしい発見もなかったらしく、泥によごれた手先をふところの手拭《てぬぐい》で拭《ふ》きながら、もとの自身番へ引っ返してゆくと、与力はもう引き揚げて、当番の同心三浦だけが残っていた。

「どうだ、半七。なにか掘り出したか。しっかり頼むぜ。質《たち》の悪い旗本か御家人どもの仕業《しわざ》じゃあねえかな」

「そうですね」と、半七もかんがえていた。「まあ、どうにかなるかも知れません、どうぞ明日《あした》までお待ちください」

「あしたまで……」と、真五郎は笑った。「そう安受け合いが出来るかな」

「まあ、せいぜい働いてみましょう」

「では、くれぐれも頼むぞ」

云い渡して真五郎は帰った。そのあとで、半七は再び死骸の袂《たもと》を丁寧にあらためた。

二

半七はそれから日本橋の馬喰町《ばくろちょう》へ行った。死骸の服装《みなり》からかんがえて、まず馬喰町の宿屋を一応調べてみるのが正当の順序であった。その隣り町《ちょう》に菊一という小間物屋があって、麴町《こうじまち》の大通りの菊一と共に、下町《したまち》では有名な老舗《しにせ》として知られていた。半七は顔を識《し》っている番頭をよび出して、この三日の日に南京玉《なんきんだま》を買いに来た田舎の人はなかったかと訊《き》いた。

繁昌《はんじょう》の店であるから朝から晩まで客の絶え間はない。したがって南京玉を売ったぐらいのお客を一々記憶していることは困難であったが、幸いに当日が正月早々であるのと、かの大雪が降りつづいたのとで、殆ど商売は休み同様であったために、菊一の番頭はその日に買物に来たたった三人の客をよく記憶していた。その二人は近所の娘で、他のひとりは馬喰町の信濃屋《しなのや》という宿屋に泊まっている客であったと彼は説明した。

「名は知りませんが、去年の暮にも一度来て、村の土産《みやげ》にするのだと云って油や元結《もっとい》なぞを買って行ったことがあります。三日の朝にも雪の降るのにやって来て、どうしてもあしたは発《た》たなければならないから、近所の子供たちの土産にするのだと云って、南京玉を二百文買って行きました」

その田舎の人の人相や年頃や服装などをくわしく聞きただして、半七は更に信濃屋に足をむけた。信濃屋の番頭は宿帳をしらべて、その客は上州太田《おおた》の在《ざい》の百姓甚右衛門《じんえもん》四十二歳で、去年の暮の二十四日から逗留《とうりゅう》していた。どうしても年内には帰らなければならないと云っていたが、それがだんだんに延びてとうとうここで年を越すことになった。三ガ日がすんで、四日の日は是非たつと云っていたが、その前日の午《ひる》すぎに近所へ買物にゆくと云って出たぎり帰ってこないので、宿の方でも心配している。尤《もっと》も去年じゅうの宿賃は大晦日《おおみそか》の晩に綺麗《きれい》に勘定をすませてあるので、その後の分は知れたものではあるが、ともかくも無断でどこへか形を隠してしまうのはおかしいと、帳場でも毎日その噂をしているとのことであった。

「じゃあ、気の毒だが神田まで来てくれ。なに、決して迷惑はかけねえから」

迷惑そうな顔をしている番頭を引っ張り出して、半七は彼を神田の自身番へ連れて行った。番頭はその死骸を見せられて、たしかにそれは自分の宿に三日まで泊まっていた甚右衛門という田舎客に相違ないと申し立てた。これで先《ま》ず死人の身許《みもと》は判ったが、かれが何者に連れ出されて、どうして殺されたかということは些《ち》っとも想像が付かなかった。

半七が菊一へ詮議に行ったのは、雪達磨のとけている現場で南京玉を三つ四つ発見したからであった。近所の娘子供が落としたものか、あるいは死人の所持品かと、半七は自身番へ引っ返して死人の袂を丁寧にあらためると、袂の底からたった一と粒の南京玉が発見されたので、かれが南京玉の持主であったことは確かめられた。四十以上の田舎者らしい男が南京玉などを持っている筈がないから、おそらく何処かの子供にでもやるつもりで袂のなかに入れて置いたものであろうと半七は鑑定した。

勿論その南京玉をどうして手に入れたのか、買ったのか貰ったのか、ちっとも見当は付かないのであるが、仮りに先ずそれを買ったものとして、半七はその買い先をかんがえた。もともと子供の玩具《おもちゃ》同様のものであるから、どこで買ったか殆ど雲をつかむような尋ね物であったが、田舎の人は詰まらないものを買うにも、とかく暖簾《のれん》の古い店をえらむ癖があるのを知っているので、かれは先ず馬喰町の近所で最も名高い小間物屋に眼をつけて、案外に安々とその手がかりを探り出すことが出来たのであった。

「ここまでは巧《うま》く運んだが、この先がむずかしい」と、彼は又しばらく考えていた。

「もうわたくしは引き取りましてもよろしゅうございましょうか」と、信濃屋の番頭はおずおず訊いた。

「むむ、御苦労。もう用は済んだ」と、半七は云った。「いや、少し待ってくれ。まだ訊きてえことがある。一体この甚右衛門という男はなんの用で江戸へ来ていたのか、おまえ達はなんにも知らねえか」

「ふだんから寡口《むくち》な人で、わたくし共とも朝夕の挨拶《あいさつ》をいたすほかには、なんにも口を利《き》いたことがございませんので、どんな用のある人か一向に存じません」

「定宿《じょうやど》かえ」

「去年九月頃にも十日ほど逗留していたことがございまして、今度は二度目でございます」

「酒をのむかえ」と、半七は又訊いた。

「はい。飲むと申しても毎晩一合ずつときまって居《お》りまして、ひどく酔っているような様子を見かけたこともございませんでした」

「誰かたずねて来ることはあったかえ」

「さあ、誰もたずねて来た人はないようです。朝は大抵五ツ（午前八時）頃に起きまして、午飯を食うといつでも何処へか出て行くようでございました」

「五ツ……」と半七は首をかしげた。「田舎の人にしては朝寝だな。そうして何時《なんどき》に帰ってくる」

「大抵夕六ツ（六時）頃には一度帰って来まして、夜食をたべると又すぐに出て行きますが、それでも四ツ（午後十時）すぎにはきっと帰りました。なんでも近所の寄席《よせ》でも聴きに行くような様子でしたが、確かなことは判りません」

「金は持っていたらしいかえ」

「宿へ初めて着きました時に、帳場に五両あずけまして、大晦日《おおみそか》には其の中から取ってくれと申しました。その残金はわたくし共の方に確かにあずかってございますが、自分のふところにはどのくらい持っていましたか、それはどうも判り兼ねます」

「外から帰ってくる時には、いつも手ぶらで帰ったかえ」

「いいえ、いつも何か風呂敷《ふろしき》包みを重そうに提げていました。村への土産をいろいろと買いあつめているらしいと女中どもは申していましたが、どんなものを買って来るのか、ついぞ訊いて見たこともございませんでした」

「そうか。じゃあ、おめえの家《うち》へ行ってその座敷をあらためて見よう」

半七は番頭をつれて、再び信濃屋へ引っ返した。番頭に案内されて、奥二階の六畳の座敷へはいると、そこには別に眼につく物もなかった。更に戸棚をあけてみると、いろいろの風呂敷に包んだものが細紐《ほそひも》で十文字に固く縛られて、五つ六つ積みかさねてあった。その一と包みを念のために抽《ひ》き出すと、それは可なりの目方があって、なんだか小《こ》砂利《じゃり》でも包んであるかのように感じられた。番頭立会いでその風呂敷を解いてみると、中からは麻袋や小切れにつつんだ南京玉がたくさんあらわれた。

「何だってこんなに南京玉を買いあつめたのでしょう」と、番頭も呆《あき》れていた。

どの風呂敷包みからも南京玉が続々あらわれて来たので、半七もさすがにおどろいた。

「なんぼ土産にするといって、こんなに南京玉を買いあつめる奴《やつ》もあるめえ。商売にする気なら、どこかの問屋から纏《まと》めて仕入れる筈だ。割の高いのを承知で、店々から小買いする筈はねえ。どうも判らねえな」

うず高い南京玉を眼のまえに積んで、半七は腕をくんでいたが、やがて思わず口の中で、あっと云った。

三

「おい、番頭さん、まったく誰もこの男のところへ尋《たず》ねて来たことはねえかどうだか、もう一度よく考え出してくれねえか」と、半七は番頭に訊《き》いた。

「さあ、わたくしはどうも思い出せませんが、それでもわたくしの留守のあいだに誰か来たことがあるかも知れませんから、女中どもを一応調べてみましょう」

番頭は下へ降りて行ったが、やがて引っ返して来て、去年の暮の二十八日に隣り町《ちょう》の豊吉という錺《かざり》職人が一度たずねて来たのを女中の一人が知っている。但《ただ》しその時は甚右衛門は留守で、豊吉はそれぎり尋ねて来ないということを報告した。

「その豊吉というのはどんな人間だえ」

「以前は小博奕《こばくち》などを打って、あまり評判のよくない男でございました」と、番頭は説明した。

「しかし去年の春頃からすっかり堅くなりまして、商売の方も身を入れますので、この頃はふところ都合もよろしいようで、十一月には品川のお政という女郎をうけ出して、仲よく暮らして居ります」

「いくら品川でも女ひとりを請《う》け出すには纏まった金がいる。多寡《たか》が錺職人が半年や一年稼いでも、それだけの金が出来そうもねえ。なにか金主があるな」

「そうでございましょうか」

「金主はきっとこの甚右衛門だ。もう大抵判っている。しかしこのことは滅多《めった》に云っちゃあならねえぞ。この南京玉はおれが少し貰って行く」

半七は一と摑《つか》みの南京玉を袂に入れて、信濃屋からすぐに隣り町の裏長屋をたずねると、錺職人の豊吉は眉のあとの青い女房と、長火鉢の前で葱鮪《ねぎま》の鍋《なべ》を突っ付きながら酒をのんでいた。

「おい、錺屋の豊というのはお前か」

「そうでございます」と、豊吉はおとなしく答えた。

「少し用がある。そこまで来てくれ」

「どこへ行くんでございます」

豊吉の眼はにわかに光った。

「まあ、なんでもいいから番屋まで来てくれ。すぐに帰してやるから」

「いけませんよ。親分」と、彼は早くも半七の身分を覚《さと》ったらしかった。「わたしは決して番屋へ連れて行かれるような覚えはありませんよ。何かのお間違いでしょう」

「強情だな。まあ素直に来いというのに……。ぐずぐずしていると為《ため》にならねえぞ」

「だって、親分。むやみにそんなことを云われちゃあ困ります。わたしはこれでも堅気《かたぎ》の職人でございます。なるほど、以前は御禁制の手なぐさみなんぞをやったこともありますが、今じゃあ双六《すごろく》の賽《さい》ころだって、摑んだことはありません。まったく堅気になったんでございますから、どうかお目こぼしを願います」

「まあ、いいや、そんなことは出るところへ出て云うがいい。なにしろお前に用があるから呼びに来たんだ。おれが呼ぶんじゃねえ、これが呼ぶんだ」

　彼の眼の前へつかみ出したのは、かの南京玉であった。それを一と目みると、豊吉はもうなんにも云わないで、すぐに長火鉢の抽斗《ひきだし》をあけた。ふだんから忍ばせてある鰹節《かつおぶし》小刀をその抽斗から取り出して、彼はそれを逆手《さかて》に持って起《た》ちあがろうとする時、半七のつかんでいる南京玉は、青も緑も白も一度にみだれて彼の真向《まっこう》へさっと飛んで来た。

　眼つぶしを食って怯《ひる》むところへ、半七は透かさず飛び込んでその刃物をたたき落した。葱鮪の鍋の引っくり返った灰神楽《はいかぐら》のなかで豊吉はもろくも縄にかかって、町内の自身番へ引っ立てられた。

「やい、豊。てめえ、手むかいをする以上はもう覚悟しているんだろう。正直に何もかも云ってしまえ。てめえは信濃屋に泊まっている甚右衛門とどうして近付きになった」

と、半七はすぐに吟味にかかった。

「別に近付きというわけじゃありません。去年の暮に一度たずねて来て、なにか手文庫の錠前がこわれているから直してくれというので、宿屋に見に行きましたが、あいにく留守で、こっちも忙がしいのでそれぎり行きませんが、その甚右衛門がどうか致しましたか」

「白らばっくれるな。さっき南京玉を見たときに、てめえはどうして顔の色を変えた。さあ、有体《ありてい》に申し立てろ。手前なんで甚右衛門を殺した。ほかにも同類があるだろう、みんな云ってしまえ」

「でも親分。無理ですよ。なんで私が甚右衛門を……。今もいう通り、たった一度しか逢《あ》ったことのない男をなんで殺す筈があるんです。察してください」と、豊吉は飽くまでも抗弁した。

「まだそんなことを云うか。おれが無理か無理でねえか、南京玉に聴いてみろ」と、半七は睨《にら》み付けた。「てめえがいつまでも強情を張るなら、おれの方から云って聞かせる。あの甚右衛門という奴は正直な田舎者のように化けているが、あいつは確かに贋金《にせがね》遣いだ」

豊吉の顔は藍《あい》のようになった。

「どうだ、図星だろう」と、半七がたたみかけて云った。「あいつが南京玉を買いあつめているのは贋金の金に使うつもりだ。あいつらのこしらえる贋金の地金は、貧乏徳利の欠片《かけら》を細かに摺《す》り潰《つぶ》して使うんだが、それがこの頃はだんだん上手になって、小さい南京玉をぶっ掻《か》いて地金にするということを俺はかねて聴いている。それも一軒の店で一度にたくさん買い込むと人の眼につくので、田舎者の振りをして方々の店から少しずつ買いあつめていたのに相違ねえ。てめえは錺屋だ。あの甚右衛門とぐるになって、贋金をこしらえる手伝いをしたろう。どうだ、これでもまだ白《しら》を切るか」

豊吉はまだ黙っていた。

「まだ云って聞かせることがある」と、半七はあざ笑いながら云いつづけた。「てめえはいい女房を持っているな。あの女は幾らで品川から連れてきた。その金はどこで都合して来た。てめえ達が一年や半年、夜の目も寝ずに稼いだって、女郎なんぞを請け出して来るほどの金はできねえ筈だ。その金はみんな甚右衛門から出ているんだろう」

ここまで問いつめられても、豊吉はまだ強情に口をあかないので、彼をひと先ず番屋につないで置いて、半七は更にその女房をよび出して、彼の家へふだん近しく出入りするものを調べた。その結果、おなじ職人の源次と勝五郎、四谷の酒屋播磨《はりま》屋伝兵衛、青山の下駄屋石坂屋由兵衛、神田の鉄物《かなもの》屋近江《おうみ》屋九郎右衛門、麻布《あざぶ》の米屋千倉屋長十郎の六人を召し捕って、一々厳重に吟味すると、果たして彼等一同共謀の贋金つかいであることが明白になった。

雪達磨の底にうずめられていた甚右衛門は、上州太田在の生まれであるが、今は一定の住所もないのである。

かれらが南京玉を原料として作りあげた贋金は専《もっぱ》ら一分金と二分金とで、それを江戸でばかり遣っていると発覚の早いおそれがあるので、甚右衛門は田舎者に化けて、旅から旅を渡りあるいて、巧みにそれを遣っていたのであった。

それにしても甚右衛門を誰が殺したのか、それはまだ判らなかった。

四

贋金つかいは江戸時代の法として磔刑《はりつけ》の重罪である。かれら一同はどうで助からない命であるから、誰が甚右衛門を殺そうとも所詮は同じ罪であるものの、ともかくもその事情を明白にしておく必要があるので、一同は更にきびしい吟味をうけた。そうして、かれら七人のなかで雪達磨の一件に直接関係のあるのは、かの錺職《かざり》の豊吉と源次と、近江屋九郎右衛門と石坂屋由兵衛との四人であることが判った。

豊吉が品川から連れてきたお政という女は、もう年明け《ねんあ》前でもあったが、それでも何やかやで三十両ばかりの金がいるので、豊吉は抱え主にたのんで先ず半金の十五両を入れて、女を自分の方へ引き取ることにした。のこる半金の十五両は去年の大晦日までに渡す約束であったが、とてもその工面《くめん》は付かないので、彼は同類の甚右衛門にたのんだが、甚右衛門は素直に承知しなかった。

「おれのところへそんな事を云って来るのは間違っている。神田の近江屋か石坂屋へ行け」と、かれは情《すげ》なく跳ねつけた。

しかし近江屋へは今までたびたび無心に行っているので、豊吉もさすがに躊躇《ちゅうちょ》した。よんどころなく品川の方へは泣きを入れて、七草の過ぎるまで待って貰うことにしたが、豊吉自身の手では正月早々にその工面のつく筈はないので、かれは大雪の小降りになるのを待って、三日ひるすぎに再び甚右衛門の宿へ訪ねてゆくと、町内の角であたかも彼の帰ってくるのに出逢った。豊吉はよんどころない事情を訴えて、かさねて金の無心をたのむと、甚右衛門はやはり承知しなかった。それでも豊吉が執拗《しつこ》く口説くので、甚右衛門も持て余したらしく、そんなら神田の近江屋へ行っておれが一緒に頼んでやろうということになって、二人は雪のなかを神田の鉄物屋まで出向いて行った。

近江屋には同類の石坂屋由兵衛と錺職の源次とが年始に来ていた。丁度いいところだと奥へ通されて、日の暮れるまで五人が酒をのんでいるうちに、甚右衛門は豊吉にたのまれた十五両のことを云い出すと、九郎右衛門も由兵衛もいやな顔をした。そして、そのくらいの金は甚右衛門が用立てるのが当然だと云った。この仕事については甚右衛門がふだんから一番余計に儲《もう》けているという不平話も出た。なにしろみんな酔っているので、ふた言三言の云い争いからあわや腕ずくになろうとする一刹那《せつな》に、どうしたのか甚右衛門はうんと唸《うな》ったままで倒れてしまった。四人もさすがにおどろいて介抱したが、もう蘇《い》きなかった。

「さあ、どうしよう」

四人は顔を見あわせた。頓死《とんし》として正直にとどけて出れば論はないのであるが、彼等には何分にもうしろ暗いことがあるので、甚右衛門の死をなるべくは秘密に付してしまいたいと思った。四人は夜のふけるまで甚右衛門の死骸をそこに横たえて置いて、店の者の手前は正体なく酔っている彼を介抱して帰るように見せかけて、豊吉と源次はその死骸を肩にかけて出た。由兵衛も附き添って出た。主人の九郎右衛門もなんだか不安なので、これもそこらまで送ってゆく振りをして後から出て行った。

大雪の夜は更《ふ》けて、町には往来の絶えているのが彼等のためには仕合わせであった。四人は三、四町ほども死骸をはこび出して、堀端の火除け地に捨てようとしたが、なるべく一日でも後《おく》れて人の眼につくことを考えて、かれらは協力してそこに大きな雪達磨を作った。そうして、甚右衛門の死骸をその底へ深く埋めて置いた。いっそ往来へ投げ出して置いたらば、凍死か行き倒れで済んだかも知れなかったのであったが、かれらの浅はかな知恵が却《かえ》っておのれに禍《わざわ》いして、思いもよらない悪事発覚の端緒を開いたのであった。

勿論、かれらは甚右衛門のふところや袂から証拠となるような品々をことごとく取り出してしまった。菊一で買った南京玉も無論取り出したのであったが、心が慌《あわ》てているので其の幾粒かをこぼしたらしい。そうして、その南京玉が彼等を当然の運命に導いたのであった。

贋金つかいの商人《あきんど》四人と共謀の錺職三人がすべて法のごとくに処刑されたのは云うまでもない。先に死んで刑戮《けいりく》をまぬがれた幸運の甚右衛門は、専ら旅先で贋金をつかっていたのであるが、他の商人四人は江戸市中で巧みに使用したことを白状した。
しかしその総高はまだ千両に上《のぼ》らなかった。

お文の魂

一

　わたしの叔父は江戸の末期に生まれたので、その時代に最も多く行なわれた化け物屋敷の不入《いらず》の間や、嫉《ねた》み深い女の生霊《いきりょう》や、執念深い男の死霊や、そうしたたぐいの陰惨な幽怪な伝説をたくさんに知っていた。しかも叔父は「武士たるものが妖怪《ようかい》などを信ずべきものでない」という武士的教育の感化から、一切これを否認しようと努めていたらしい。その気風は明治以後になっても失《う》せなかった。わたし達が子供のときに何か取り留めのない化け物話などを始めると、叔父はいつでも苦《にが》い顔をして碌々《ろくろく》相手にもなってくれなかった。

　その叔父がただ一度こんなことを云《い》った。

「しかし世の中には解《わか》らないことがある。あのおふみの一件なぞは……」

おふみの一件が何であるかは誰も知らなかった。叔父も自己の主張を裏切るような、この不可解の事実を発表するのが如何《いか》にも残念であったらしく、その以上には何も秘密を洩《も》らさなかった。父に訊《き》いても話してくれなかった。併《しか》しその事件の蔭《かげ》にはKのおじさんが潜《ひそ》んでいるらしいことは、叔父の口ぶりに因《よ》ってほぼ想像されたので、わたしの稚《おさな》い好奇心はとうとう私を促《うなが》してKのおじさんのところへ奔《はし》らせた。わたしはその時まだ十二であった。Kのおじさんは、肉縁の叔父ではない。父が明治以前から交際しているので、わたしは稚い時からこの人をおじさんと呼び慣《なら》わしていたのである。

わたしの質問に対して、Kのおじさんも満足な返答をあたえてくれなかった。

「まあ、そんなことはどうでもいい。つまらない化け物の話なんぞすると、お父さんや叔父さんに叱《しか》られる」

ふだんから話し好きのおじさんも、この問題については堅く口を結んでいるので、わたしも押し返して詮索《せんさく》する手がかりが無かった。学校で毎日のように物理学や数学をどしどし詰め込まれるのに忙がしい私の頭からは、おふみという女の名も次第に煙《けむ》りのように消えてしまった。それから二年ほど経《た》って、なんでも十一月の末であったと記憶している。わたしが学校から帰る頃から寒い雨がそぼそぼと降り出して、日が暮れる頃には可《か》なり強い降りになった。Kのおばさんは近所の人に誘われて、きょうは午前《ひるまえ》から新富座見物に出かけた筈《はず》である。

「わたしは留守番だから、あしたの晩は遊びにおいでよ」と前の日にKのおじさんが云った。わたしはその約束を守って、夕飯を済ますとすぐにKのおじさんをたずねた。Kの家はわたしの家から直径にして四町ほどしか距《はな》れていなかったが、場所は番町で、その頃には江戸時代の形見という武家屋敷の古い建物がまだ取払われずに残っていて、晴れた日にも何だか陰《かげ》ったような薄暗い町の影を作っていた。雨のゆうぐれは殊《こと》にわびしかった。Kのおじさんも或《あ》る大名屋敷の門内に住んでいたが、おそらくその昔は家老とか用人《ようにん》とかいう身分の人の住居であったろう。ともかくも一軒建てになっていて、小さい庭には粗《あら》い竹垣が結《ゆ》いまわしてあった。

Kのおじさんは役所から帰って、もう夕飯をしまって、湯から帰っていた。おじさんは私を相手にして、ランプの前で一時間ほども他愛もない話などをしていた。時々に雨戸をなでる庭の八つ手の大きい葉に、雨音がぴしゃぴしゃときこえるのも、外の暗さを想《おも》わせるような夜であった。柱にかけてある時計が七時を打つと、おじさんはふと話をやめて外の雨に耳を傾けた。

「だいぶ降って来たな」

「おばさんは帰りに困るでしょう」

「なに、人力車《くるま》を迎いにやったからいい」

こう云っておじさんは又黙って茶を喫《の》んでいたが、やがて少しまじめになった。

「おい、いつかお前が訊いたおふみの話を今夜聞かしてやろうか。化け物の話はこういう晩がいいもんだ。しかしお前は臆病《おくびょう》だからなあ」

実際わたしは臆病であった。それでも怖《こわ》い物見たさ聞きたさに、いつも小さいからだを固くして一生懸命に怪談を聞くのが好きであった。殊に年来の疑問になっているおふみの一件を測《はか》らずもおじさんの方から切り出したので、わたしは思わず眼をかがやかした。明るいランプの下ならどんな怪談でも怖くないという風に、わざと肩をそびやかしておじさんの顔をきっとみあげると、しいて勇気をよそおうような私の子供らしい態度が、おじさんの眼にはおかしく見えたらしい。彼はしばらく黙ってにやにや笑っていた。

「そんなら話して聞かせるが、怖くって家《うち》へ帰られなくなったから、今夜は泊めてくれなんて云うなよ」

まずこう嚇《おど》して置いて、おじさんはおふみの一件というのをしずかに話し出した。

「わたしが丁度《ちょうど》二十歳《はたち》の時だから、元治《げんじ》元年――京都では蛤御門《はまぐりごもん》のいくさがあった年のことだと思え」と、おじさんは先《ま》ず冒頭《まくら》を置いた。

その頃この番町に松村彦太郎という三百石の旗本が屋敷を持っていた。松村は相当に学問もあり、殊に蘭学が出来たので、外国掛《がいこくがかり》の方へ出仕《しゅっし》して、ちょっと羽振りの好《よ》い方であった。その妹のお道というのは、四年前に小石川西江戸川端《ばた》の小幡《おばた》伊織という旗本の屋敷へ縁付いて、お春という今年三つの娘までもうけた。

するとある日のことであった。そのお道がお春を連れて兄のところへ訪ねて来て、「もう小幡の屋敷にはいられませんから、暇を貰《もら》って頂きとうございます」と、突然に飛んだことを云い出して、兄の松村をおどろかした。兄はその仔細《しさい》を聞きただしたが、お道は蒼《あお》い顔をしているばかりで何も云わなかった。

「云わないで済むわけのものでない。その仔細をはっきりと云え。女が一旦《いったん》他家へ嫁入りをした以上は、むやみに離縁なぞすべきものでも無し、されるべき筈のものでもない。唯《ただ》だしぬけに暇を取ってくれでは判《わか》らない。その仔細をよく聞いた上で、兄にも成程《なるほど》と得心《とくしん》がまいったら、また掛け合いのしようもあろう。仔細を云え」

この場合、松村でなくても、まずこう云うよりほかはなかったが、お道は強情に仔細を明かさなかった。もう一日もあの屋敷にはいられないから暇を貰ってくれと、ことし二十一になる武家の女房が、まるで駄々《じ》っ子のように、ただ同じことばかり繰り返しているので、堪忍《かんにん》強い兄もしまいには焦れ出した。

「馬鹿《ばか》、考えてもみろ、仔細も云わずに暇を貰いに行けると思うか。また、先方でも承知すると思うか。きのうや今日《きょう》嫁に行ったのでは無し、もう足掛け四年にもなり、お春という子までもある。舅小姑《しゅうとこじゅうと》の面倒があるでは無し、主人の小幡は正直で物柔《ものやわ》らかな人物。小身《しょうしん》ながらも無事に上《かみ》の御用も勤めている。なにが不足で暇を取りたいのか」

叱っても諭《さと》しても手応《てごた》えがないので、松村も考えた。よもやとは思うものの世間にためしが無いでもない。小幡の屋敷には若い侍《さむらい》がいる。近所となりの屋敷にも次三男の道楽者《か》がいくらも遊んでいる。妹も若い身空であるから、もしや何かの心得違いでも仕出《しで》来して、自分から身をひかなければならないような破滅に陥ったのではあるまいか。こう思うと、兄の詮議はいよいよ厳重になった。どうしてもお前が仔細を明かさなければ、おれの方にも考えがある。これから小幡の屋敷へお前を連れて行って、主人の眼の前で何もかも云わしてみせる。さあ一緒に来いと、襟髪《えりがみ》を取らぬばかりにして妹を引立てようとした。

兄の権幕《けんまく》があまり激しいので、お道もさすがに途方に暮れたらしく、そんなら申しますと泣いてあやまった。それから彼女が泣きながら訴えるのを聞くと、松村はまた驚かされた。

事件は今から七日前、娘のお春が三つの節句の雛《ひな》を片付けた晩のことであった。お道の枕《まくら》もとに散らし髪の若い女が真《ま》っ蒼《さお》な顔を出した。女は水でも浴びたように、頭から着物までびしょ濡《ぬ》れになっていた。その物腰は武家の奉公でもしたものらしく、行儀よく畳に手をついてお辞儀していた。女はなんにも云わなかった。また別に人をおびやかすような挙動も見せなかった。ただ黙っておとなしく其処《そこ》にうずくまっているだけのことであったが、それが譬《たと》えようもないほどに物凄《ものすご》かった。お道はぞっ〵として思わず衾《よぎ》の袖《そで》にしがみ付くと、おそろしい夢は醒《さ》めた。

これと同時に、自分と添い寝をしていたお春もおなじく怖い夢にでもおそわれたらしく、急に火の付くように泣き出して、「ふみが来た。ふみが来た」と、つづけて叫んだ。濡れた女は幼い娘の夢をも驚かしたらしい。お春が夢中で叫んだふみというのは、おそらく彼女の名であろうと想像された。

お道はおびえた心持で一夜を明かした。武家に育って武家に縁付いた彼女は、夢のような幽霊ばなしを人に語るのを恥じて、その夜の出来ごとは夫にも秘していたが、濡れた女は次の夜にも、又その次の夜にも彼女の枕もとに真っ蒼な顔を出した。そのたびごとに幼いお春も「ふみが来た」と同じく叫んだ。気の弱いお道はもう我慢が出来なくなったが、それでも夫に打ちあける勇気はなかった。

こういうことが四晩もつづいたので、お道も不安と不眠とに疲れ果ててしまった。恥も遠慮も考えてはいられなくなったので、とうとう思い切って夫に訴えると、小幡は笑っているばかりで取り合わなかった。しかし濡れた女はその後もお道の枕辺《まくらべ》を去らなかった。お道がなんと云っても、夫は受け付けてくれなかった。しまいには「武士の妻にもあるまじき」というような意味で、機嫌を悪くした。

「いくら武士でも、自分の妻が苦しんでいるのを、笑って観《み》ている法はあるまい」

お道は夫の冷淡な態度を恨むようになって来た。こうした苦しみがいつまでも続いたら、自分は遅かれ速《はや》かれ得体《えたい》の知れない幽霊のために責め殺されてしまうかも知れない。もうこうなったら娘をかかえて一刻《いっとき》も早くこんな化け物屋敷を逃げ出すよりほかあるまいと、お道はもう夫のことも自分のことも振り返っている余裕がなくなった。

「そういう訳でございますから、あの屋敷にはどうしてもいられません。お察し下さい」

思い出してもぞっとすると云うように、お道はこの話をする間にも時々に息を喘《の》んで身をおののかせていた。そのおどおどしている眼の色がいかにも偽りを包んでいるようには見えないので、兄は考えさせられた。

「そんな事がまったくあるかしらん」

どう考えても、そんなことが有りそうにも思われなかった。小幡が取り合わないのも無理はないと思った。松村も「馬鹿をいえ」と、頭から叱りつけてしまおうかとも思ったが、妹がこれほどに思い詰めているものを、唯いちがいに叱って追いやるのも何だか可哀《かわい》そうのようでもあった。殊に妹はこんなことを云うものの、この事件の底にはまだほかに何かこみいった事情がひそんでいないとも限らない。いずれにしても小幡に一度逢《あ》った上で、よくその事情を確かめてみようと決心した。

「お前の片口《かたくち》ばかりでは判らん。ともかくも小幡に逢って、先方の料簡《りょうけん》を訊いてみよう、万事はおれに任しておけ」

妹を自分の屋敷に残して置いて、松村は草履《ぞうり》取り一人を連れて、すぐ西江戸川端に出向いた。

二

小幡の屋敷へゆく途中でも松村はいろいろに考えた。妹はいわゆる女子供のたぐいで、もとより論にも及ばぬが、自分は男一匹、しかも大小をたばさむ身の上である。武士と武士との掛け合いに、真顔になって幽霊の講釈でもあるまい。松村彦太郎、好い年をして馬鹿な奴《やつ》だと、相手に腹を見られるのも残念である。なんとか巧《うま》い掛け合いの法はあるまいかと工夫《くふう》を凝らしたが、問題があまり単純であるだけに、横からも縦からも話の持って行きようがなかった。

西江戸川端の屋敷には主人の小幡伊織が居合わせて、すぐに座敷に通された。時候の挨拶《あいさつ》なども終っても、松村は自分の用向きを云い出す機会をとらえるのに苦しんだ。どうで笑われると覚悟をして来たものの、さて相手の顔をみると、どうも幽霊の話は云い出しにくかった。そのうちに小幡の方から口を切った。

「お道はきょう御屋敷へ伺いませんでしたか」

「まいりました」とは云ったが、松村はやはり後の句が継《つ》げなかった。

「では、お話し申したか知らんが、女子供は馬鹿なもので、なにかこのごろ幽霊が出るとか申して、ははははは」

小幡は笑っていた。松村も仕方がないので一緒に笑った。しかし、笑ってばかりいては済まない場合であるので、彼はこれを機《しお》に思い切っておふみの一件を話した。話してしまってから彼は汗を拭《ふ》いた。こうなると、小幡も笑えなくなった。かれは困ったような顔をしかめて、しばらく黙っていた。単に幽霊が出るというだけの話ならば、馬鹿とも臆病とも叱っても笑っても済むが、問題がこう面倒になって兄が離縁の掛け合いめいた使に来るようでは、小幡もまじめになってこの幽霊問題を取り扱わなければならないことになった。

「なにしろ一応詮議して見ましょう」と小幡は云った。彼の意見としては、もしこの屋敷に幽霊が出る――俗にいう化け物屋敷であるならば、こんにちまでに誰かその不思議に出逢ったものが他にあるべき筈である。現に自分はこの屋敷に生まれて二十八年の月日を送っているが、自分は勿論《もちろん》のこと、誰からもそんな噂《うわさ》すら聞いたことがない。自分が幼少のときに別れた祖父母も、八年前に死んだ父も、六年前に死んだ母も、かつてそんな話をしたこともなかった。それが四年前に他家から縁付いて来たお道だけに見えるというのが、第一の不思議である。たとい何かの仔細があって、特にお道だけに見えるとしても、ここへ来てから四年の後に初めて姿をあらわすというのも不思議である。しかしこの場合、ほかに詮議のしようもないから、差し当っては先ず屋敷じゅうの者どもを集めて問いただしてみようというのであった。

「なにぶんお願い申す」と、松村も同意した。小幡は先ず用人《ようにん》の五左衛門を呼び出して調べた。かれは今年四十一歳で譜代《ふだい》の家来であった。

「先殿《せん》様の御代《おだい》から、かつて左様な噂を承ったことはござりませぬ。父からも何の話も聞き及びませせぬ」

彼は即座に云い切った。それから若党《わかとう》や中間《ちゅうげん》どもを調べたが、かれらは新参の渡り者で、勿論なんにも知らなかった。次に女中共《じょちゅう》も調べられたが、かれらは初めてそんな話を聞かされて唯ふるえ上がるばかりであった。詮議はすべて不得要領に終った。

「そんなら池を浚《さら》ってみろ」と、小幡は命令した。お道の枕辺にあらわれる女が濡れているというのを手がかりに、或いは池の底に何かの秘密が沈んでいるのではないかと考えられたからであった。小幡の屋敷には百坪ほどの古池があった。

あくる日は大勢の人足をあつめて、その古池の掻掘《かいぼり》をはじめた。小幡も松村も立ち会って監視していたが、鮒《ふな》や鯉《こい》のほかには何の獲物《えもの》もなかった。泥の底からは女の髪一と筋も見付からなかった。女の執念の残っていそうな櫛《くし》やかんざしのたぐいも拾い出されなかった。小幡の発議で更に屋敷内の井戸をさらわせたが、深い井戸の底からは赤い泥鰌《どじょう》が一匹浮び出て大勢を珍らしがらせただけで、これも骨折り損に終った。

詮議の蔓《つる》はもう切れた。

今度は松村の発議で、忌《いや》がるお道を無理にこの屋敷へ呼び戻して、お春と一緒にいつもの部屋に寝かすことにした。松村と小幡とは次の間に隠れて夜の更《ふ》けるのを待っていた。

その晩は月の陰《くも》った暖かい夜であった。神経の興奮し切っているお道は、とても安らかに眠られそうもなかったが、なんにも知らない幼い娘はやがてすやすやと寝ついたかと思うと、忽《たちま》ち針で眼球《めだま》でも突かれたようにけたたましい悲鳴をあげた。そうして「ふみが来た、ふみが来た」と、低い声で唸《うな》った。

「そら、来た」

待ち構えていた二人の侍は押っ取り刀でやにわに襖《ふすま》をあけた。閉め込んだ部屋のなかには春の夜のなまあたたかい空気が重く沈んで、陰ったような行燈《あんどん》の灯はまたたきもせずに母子《おやこ》の枕もとを見つめていた。外からは風さえ流れ込んだ気配が見えなかった。お道はわが子を犇《ひし》と抱きしめて、枕に顔を押しつけていた。

現在にこの生きた証拠を見せつけられて、松村も小幡も顔を見合わせた。それにしても自分たちの眼にも見えない闖入者《ちんにゅうしゃ》の名を、幼いお春がどうして知っているのであろう。それが第一の疑問であった。小幡はお春をすかしていろいろに問いただしたが、年弱《としよわ》の三つでは碌々《ろくろく》に口もまわらないので、ちっとも要領を得なかった。濡れた女はお春の小さい魂に乗りうつって、自分の隠れた名を人に告げるのではないかとも思われた。刀を持っていた二人もなんだか薄気味悪くなって来た。

用人の五左衛門も心配して、あくる日は市ヶ谷で有名な売卜者《うらないしゃ》をたずねた。売卜者は屋敷の西にある大きい椿《つばき》の根を掘ってみろと教えた。とりあえずその椿を掘り倒してみたが、その結果はいたずらに売卜者の信用をおとすに過ぎなかった。

夜はとても眠れないというので、お道は昼間寝床にはいることにした。おふみもさすがに昼は襲って来なかった。これで少しはほっとしたものの、武家の妻が遊女かなんぞのように、夜は起きていて昼は寝る、こうした変則の生活状態をつづけてゆくのは甚《はなは》だ迷惑でもあり、且《かつ》は不便でもあった。なんとかして永久にこの幽霊を追いはらってしまうのでなければ、小幡一家の平和を保つことは覚束《おぼつか》ないように思われた。併しこんなことが世間に洩れては家の外聞にもかかわるというので、松村も勿論秘密を守っていた。小幡も家来どもの口を封じて置いた。それでも誰かの口から洩れたとみえて、けしからぬ噂がこの屋敷に出入りする人々の耳にささやかれた。

「小幡の屋敷に幽霊が出る。女の幽霊が出るそうだ」

蔭では尾鰭《おひれ》をつけていろいろの噂をするものの、武士と武士との交際では、さすがに面と向って幽霊の詮議をする者もなかったが、その中に唯一人、すこぶる無遠慮な男があった。それが即《すなわ》ち小幡の屋敷の近所に住んでいるKのおじさんで、おじさんは旗本の次男であった。その噂を聴くと、すぐに小幡の屋敷に押し掛けて行って、事の実否《じっぴ》を確かめた。

おじさんとは平生《へいぜい》から特に懇意にしているので、小幡も隠さず秘密を洩らした。そうして、なんとかしてこの幽霊の真相を探りきわめる工夫はあるまいかと相談した。旗本に限らず、御家人《ごけにん》に限らず、江戸の侍の次三男などというものは、概して無役《むやく》の閑人《ひまじん》であった。長男は無論その家を嗣《つ》ぐべく生まれたのであるが、次男三男に生まれたものは、自分に特殊の才能があって新規御召出しの特典をうけるか、あるいは他家の養子にゆくか、この二つの場合を除いては、殆《ほと》ど世に出る見込みもないのであった。かれらの多くは兄の屋敷に厄介になって大小を横たえた一人前の男がなんの仕事もなしに日を暮らしているという、一面から見れば頗《すこぶ》る呑気《のんき》らしい、また一面から見れば、頗る悲惨な境遇に置かれていた。

こういう余儀ない事情はかれらを駆って放縦懶惰《ほうじゅうらんだ》の高等遊民たらしめるよりほかはなかった。かれらの多くは道楽者であった。退屈しのぎに何か事あれかしと待ち構えている徒《やから》であった。Kのおじさんも不運に生まれた一人で、こんな相談相手に選ばれるには屈竟《くっきょう》の人間であった。おじさんは無論喜んで引き受けた。

そこで、おじさんは考えた。昔話の綱《つな》や金時《きんとき》のように、頼光《らいこう》の枕もとに物々しく宿直《とのい》を仕《つかまつ》るのはもう時代おくれである。まず第一にそのおふみという女の素姓を洗って、その女とこの屋敷との間にどんな糸が繫《つな》がっているかということを探り出さなければいけないと思い付いた。

「御当家の縁者、又は召使などの中に、おふみという女の心当りはござるまいか」

この問いに対して、小幡は一向に心当りがないと答えた。縁者には無論ない。召使はたびたび出代りをしているから一々に記憶していないが、近い頃にそんな名前の女を抱えたことはないと云った。更にだんだん調べてみると、小幡の屋敷では昔から二人の女を使っている。その一人は知行所の村から奉公に出て来るのが例で、ほかの一人は江戸の請宿《うけやど》から随意に雇っていることが判った。請宿は音羽《おとわ》の堺屋《さかいや》というのが代々の出入りであった。

お道の話から考えると、幽霊はどうしても武家奉公の女らしく思われるので、Kのおじさんは遠い知行所を後廻しにして、まず手近かの堺屋から詮索に取りかかろうと決心した。小幡が知らない遠い先代の頃に、おふみという女が奉公していたことが無いとも限らないと思ったからであった。

「では、何分よろしく、しかしくれぐれも隠密《おんみつ》にな」と、小幡は云った。

「承知しました」

二人は約束して別れた。それは三月の末の晴れた日で、小幡の屋敷の八重桜にも青い葉がもう目立っていた。

三

Kのおじさんは音羽の堺屋へ出向いて、女の奉公人の出入り帳を調べた。代々の出入り先であるから、堺屋から小幡の屋敷へ入れた奉公人の名前はことごとく帳面にしるされている筈であった。

小幡の云った通り、最近の帳面にはおふみという名を見出《みいだ》すことは出来なかった。三年、五年、十年とだんだんにさかのぼって調べたが、おふゆ、おふく、おふさ、すべてふの字の付く女の名は一つも見えなかった。

「それでは知行所の方から来た女かな」

そうは思いながらも、おじさんはまだ強情《ごうじょう》に古い帳面を片端から繰ってみた。堺屋は今から三十年前の火事に古い帳面を焼いてしまって、その以前の分は一冊も残っていない。店にあらん限りの古い帳面を調べても、三十年前が行き止まりであった。おじさんは行き止まりに突きあたるまで調べ尽そうという意気込みで、煤《すす》けた紙に残っている薄墨の筆のあとを根好《こん》くたどって行った。

帳面はもちろん小幡家のために特に作ってあるわけではない。堺屋出入りの諸屋敷の分は一切あつめて横綴《よこと》じの厚い一冊に書き止めてあるのであるから、小幡という名を一々拾い出して行くだけでも、その面倒は容易でなかった。殊に長い年代にわたっているのであるから、筆跡も同一ではない。折れ釘《くぎ》のような男文字のなかに糸屑《いとくず》のような女文字もまじっている。殆ど仮名ばかりで小児《こども》が書いたようなところもある。その折れ釘や糸屑の混雑を丁寧に見わけてゆくうちには、こっちの頭も眼もくらみそうになって来た。

おじさんもそろそろ飽きて来た。面白ずくで飛んだ事を引受けたという後悔の念も兆《きざ》して来た。

「これは江戸川の若旦那《だんな》。なにをお調べになるんでございます」

笑いながら店先へ腰を掛けたのは四十二三の瘦《や》せぎすの男で、縞《しま》の着物に縞の羽織を着て、だれの眼にも生地《きじ》の堅気《かたぎ》とみえる町人風であった。色のあさ黒い、鼻の高い、芸人か何ぞのように表情に富んだ眼をもっているのが、彼の細長い顔の著しい特徴であった。かれは神田の半七という岡っ引で、その妹は神田の明神下で常磐津《ときわず》の師匠をしている。Ｋのおじさんは時々その師匠のところへ遊びにゆくので、兄の半七とも自然懇意になった。

半七は岡っ引の仲間でも幅利《き》きであった。しかし、こんな稼業《かぎょう》の者にはめずらしい正直な淡泊《あっさり》した江戸っ子風の男で、御用をかさに着て弱い者をいじめるなどという悪い噂は、かつて聞えたことがなかった。彼は誰に対しても親切な男であった。

「相変らず忙がしいかね」と、おじさんは訊いた。

「へえ。きょうも御用でここへちょっとまいりました」

それから二つ三つ世間話をしている間に、おじさんは不図《ふと》かんがえた。この半七ならば秘密を明かしても差支えはあるまい、いっそ何もかも打明けて彼の知恵を借りることにしようかと思った。

「御用で忙がしいところを気の毒だが、少しお前に聞いて貰いたいことがあるんだが……」と、おじさんは左右を見まわすと、半七は快くうなずいた。

「なんだか存じませんが、ともかくも伺いましょう。おい、おかみさん。二階をちょいと借りるぜ。好いかい」

彼は先に立って狭い二階にあがった。二階は六畳ひと間で、うす暗い隅には葛籠《つづら》などが置いてあった。おじさんも後からつづいてあがって、小幡の屋敷の奇怪な出来事について詳しく話した。

「どうだろう。うまくその幽霊の正体を突き止める工夫《くふう》はあるまいか。幽霊の身許《みもと》が判って、その法事供養《くよう》でもしてやれば、それでよかろうと思うんだが……」

「まあ、そうですねえ」と、半七は首をかしげてしばらく考えていた。「ねえ、旦那。幽霊はほんとうに出るんでしょうか」

「さあ」と、おじさんも返事に困った。「まあ、出ると云うんだが……。私も見たわけじゃない」

　半七はまた黙って煙草《たばこ》をすっていた。

「その幽霊というのは武家の召使らしい風をして、水だらけになっているんですね。早く云えば皿屋敷のお菊をどうかしたような形なんですね」

「まあ、そうらしい」

「あの御屋敷では草双紙のようなものを御覧になりますか」と、半七はだしぬけに、思いも付かないことを訊いた。

「主人は嫌いだが、奥では読むらしい。じきこの近所の田島屋という貸本屋が出入りのようだ」

「あのお屋敷のお寺は……」

「下谷《したや》の浄円寺だ」

「浄円寺。へえ、そうですか」と、半七はにっこり笑った。

「なにか心当りがあるかね」

「小幡の奥様はお美しいんですか」

「まあ、いい女の方だろう。年は二十一だ」

「そこで旦那。いかがでしょう」と、半七は笑いながら云った。「お屋敷方の内輪《うちわ》のことに、わたくしどもが首を突っ込んじゃあ悪うございますが、いっそこれはわたくしにお任せ下さいませんか。二、三日の内にきっと埒をあけてお目にかけます。勿論、これはあなたとわたくしだけのことで、決して他言は致しませんから」

Ｋのおじさんは半七を信用して万事を頼むと云った。半七も受け合った。しかし自分は飽くまでも蔭の人として働くので、表面はあなたが探索の役目を引き受けているのであるから、その結果を小幡の屋敷へ報告する都合上、御迷惑でも明日《あした》からあなたも一緒に歩いてくれとのことであった。どうで閑《ひま》の多い身体《からだ》であるから、おじさんもじきに承知した。商売人の中でも、腕利きといわれている半七がこの事件をどんなふうに扱うかと、おじさんは多大の興味を持って明日を待つことにした。その日は半七に別れて、おじさんは深川の某所に開かれる発句の運座《うんざ》に行った。

その晩は遅く帰ったので、おじさんは明くる朝早く起きるのが辛《つら》かった。それでも約束の時刻に約束の場所で半七に逢った。

「きょうは先ず何処《どこ》へ行くんだね」

「貸本屋から先へ始めましょう」

二人は音羽の田島屋へ行った。おじさんの屋敷へも出入りするので、貸本屋の番頭はおじさんを能《よ》く知っていた。半七は番頭に逢って、正月以来かの小幡の屋敷へどんな本を貸し入れたかと訊いた。これは帳面に一々しるしてないので、番頭も早速の返事に困ったらしかったが、それでも記憶のなかから繰り出して二、三種の読本《よみほん》や草双紙の名をならべた。

「そのほかに薄墨草紙という草双紙を貸したことはなかったかね」と、半七は訊いた。

「ありました。たしか二月頃にお貸し申したように覚えています」

「ちょいと見せてくれないか」

番頭は棚を探して二冊つづきの草双紙を持ち出して来た。半七は手に取ってその下の巻をあけて見ていたが、やがて七、八丁あたりのところを繰り拡《ひろ》げてそっとおじさんに見せた。その挿絵は武家の奥方らしい女が座敷に坐《すわ》っていると、その縁先に腰元風の若い女がしょんぼりと俯向《うつむ》いているのであった。腰元はまさしく幽霊であった。庭先には杜若《かきつばた》の咲いている池があって、腰元の幽霊はその池の底から浮き出したらしく、髪も着物もむごたらしく湿《ぬ》れていた。

幽霊の顔や形は女こどもをおびえさせるほどに物凄く描いてあった。

おじさんはぎょっとした。その幽霊の物凄いのに驚くよりも、それが自分の頭のなかに描いているおふみの幽霊にそっくりであるのにおびやかされた。その草双紙を受取ってみると、外題《げだい》は新編うす墨草紙、為永瓢長作と記してあった。

「あなた、借りていらっしゃい。面白い作ですぜ」と、半七は例の眼で意味ありげに知らせた。おじさんは二冊の草双紙をふところに入れて、ここを出た。

「わたくしもその草双紙を読んだことがあります。きのうあなたに幽霊のお話をうかがった時に、ふいとそれを思い出したんですよ」と、往来へ出てから半七が云った。「して見ると、この草双紙の絵を見て、怖い怖いと思ったもんだから、とうとうそれを夢に見るようになったのかも知れない」

「いいえ、まだそればかりじゃありますまい。まあ、これから下谷へ行って御覧なさい」

半七は先に立って歩いた。二人は安藤坂をのぼって、本郷から下谷の池の端へ出た。きょうは朝からちっとも風のない日で、暮春の空は碧《あお》い玉を磨いたように晴れかがやいていた。火の見櫓《やぐら》の上には鳶《とんび》が眠ったように止まっていた。少し汗ばんでいる馬を急がせてゆく、遠乗りらしい若侍の陣笠《じんがさ》のひさしにも、もう夏らしい光りがきらきらと光っていた。

小幡が菩提所《ぼだいしょ》の浄円寺は、かなりに大きい寺であった。門をはいると、山吹が一ぱいに咲いているのが目についた。ふたりは住職に逢った。

住職は四十前後で、色の白い、髯《ひげ》のあとの青い人であった。客の一人は侍、一人は御用聞きというので、住職も疎略《そりゃく》に扱わなかった。

ここへ来る途中で、二人は十分に打合わせをしてあるので、おじさんは先ず口を切って、小幡の屋敷にはこの頃怪しいことがあると云った。奥さんの枕もとに女の幽霊が出ると話した。そうして、その幽霊を退散させるために何か加持祈禱《かじきとう》のすべはあるまいかと相談した。

住職は黙って聴いていた。

「して、それは殿さま奥さまのお頼みでござりまするか。又あなた方の御相談でござりまするか」

と、住職は数珠《じゅず》を爪繰《つまぐ》りながら不安らしく訊いた。

「それはいずれでもよろしい。とにかく御承知下さるか、どうでしょう」

おじさんと半七とは鋭い瞳《ひとみ》のひかりを住職に投げ付けると、彼は蒼くなって少しくふるえた。

「修行《しゅぎょう》の浅い我々でござれば、果たして奇特《きどく》の有る無しはお受け合い申されぬが、ともかくも一心を凝らして得脱《とくだつ》の祈禱をつかまつると致しましょう」

「なにぶんお願い申す」

やがて時分どきだというので、念の入った精進料理が出た。酒も出た。住職は一杯も飲まなかったが、二人は鱈腹《たらふく》に飲んで食った。帰る時に住職は、「御駕籠《おかご》でも申し付けるのでござるが……」と云って、紙につつんだものを半七にそっと渡したが、彼は突き戻して出て来た。

「旦那、もうこれで宜《よろ》しゅうございましょう。和尚《おしょう》め、ふるえていたようですから」と、半七は笑っていた。住職の顔色の変ったのも、自分たちに鄭重《ていちょう》な馳走《ちそう》をしたのも、無言のうちに彼の降伏を十分に証明していた。それでもおじさんは、まだよく腑《ふ》に落ちないことがあった。

「それにしても小さい児《こ》がどうして、ふみが来たなんて云うんだろう。判らないね」

「それはわたくしにも判りませんよ」と、半七はやはり笑っていた。「子供が自然にそんなことを云う気遣いはないから、いずれ誰かが教えたんでしょうよ。唯、念のために申して置きますが、あの坊主《ぼうず》は悪い奴で……延命院の二の舞で、これまでにも悪い噂が度々あったんですよ。それですから、あなたとわたくしとが押掛けて行けば、こっちで何も云わなくっても、先方は脛《すね》に疵《きず》でふるえあがるんです。こうして釘をさして置けば、もう詰まらないことはしないでしょう。わたくしのお役はこれで済みました。これから先はあなたのお考え次第で、小幡の殿様へは宜しきようにお話しなすって下さいまし。では、これで御免を蒙《こうむ》ります」

二人は池の端で別れた。

四

おじさんは帰途《かえり》に本郷の友達の家《うち》へ寄ると、友達は自分の識《し》っている踊りの師匠の大《おお》浚《さら》いが柳橋の或るところに開かれて、これから義理に顔出しをしなければならないから、貴公も一緒に附き合えと云った。おじさんも幾らかの目録を持って一緒に行った。綺麗《きれい》な娘子供の大勢あつまっている中で、燈火《あかり》のつく頃までわいわい騒いで、おじさんは好い心持に酔って帰った。そんな訳で、その日は小幡の屋敷へ探索の結果を報告にゆくことが出来なかった。

あくる日小幡をたずねて、主人の伊織に逢った。半七のことはなんにも云わずに、おじさんは自分ひとりで調べて来たような顔をして、草双紙と坊主との一条を自慢らしく報告した。それを聴いて、小幡の顔色は見る見る陰った。

お道はすぐに夫の前に呼び出された。新編うす墨草紙を眼の前に突き付けられて、おまえの夢に見る幽霊の正体はこれかと厳重に吟味された。お道は色を失って一言もなかった。

「聞けば浄円寺の住職は破戒の堕落僧だという。貴様も彼にたぶらかされて、なにか不埒を働いているのに相違あるまい。真《ま》っ直《す》ぐに云え」

夫にいくら責められても、お道は決して不埒を働いた覚えはないと泣いて抗弁した。しかし自分にも心得違いはある。それは重々恐れ入りますと云って、一切の秘密を夫とおじさんとの前で白状した。

「このお正月に浄円寺に御参詣《さんけい》にまいりますと、和尚さまは別間でいろいろお話のあった末に、わたくしの顔をつくづく御覧になりまして、しきりに溜息《ためいき》をついておいでになりましたが、やがて低い声で『ああ、御運の悪い方だ』と独り言のように仰《おっ》しゃいました。その日はそれでお別れ申しましたが、二月に又お詣《まい》りをいたしますと、和尚さまはわたくしの顔を見て、又同じようなことを云って溜息をついておいでになりますので、わたくしも何だか不安心になってまいりまして、『それはどうした訳でございましょう』と、こわごわ伺いますと、和尚さまは気の毒そうに、『どうもあなたは御相《ごそう》がよろしくない。御亭主を持っていられると、今にお命にもかかわるような禍《わざわ》いが来る。出来ることならば独り身におなり遊ばすとよいが、さもないとあなたばかりではない、お嬢さまにも、おそろしい災難が落ちて来るかも知れない』と諭《さと》すように仰しゃいました。こう聞いて私もぞっとしました。自分はともあれ、せめて娘だけでも災難をのがれる工夫《くふう》はございますまいかと押し返して伺いますと、和尚さまは『お気の毒であるが、母子《おやこ》は一体、あなたが禍いを避ける工夫をしない限りは、お嬢さまも所詮《しょせん》のがれることはできない』と……。そう云われた時の……わたくしの心は……お察し下さいまし」と、お道は声を立てて泣いた。

「今のお前たちが聞いたら、一と口に迷信とか馬鹿々々しいとか蔑《けな》してしまうだろうが、その頃の人間、殊に女などはみんなそうしたものであったよ」と、おじさんはここで註を入れて、わたしに説明してくれた。

それを聴いてからお道には暗い影がまつわって離れなかった。どんな禍いが降りかかって来ようとも、自分だけは前世の約束とも諦《あきら》めよう。しかし可愛《かわい》い娘にまでまきぞえの禍いを着せるということは、母の身として考えることさえも恐ろしかった。あまりに痛々しかった。お道にとっては、夫も大切には相違なかったが、娘はさらに可愛かった。自分の命よりもいとおしかった。第一に娘を救い、あわせて自分の身を全うするには、飽きも飽かれもしない夫の家を去るよりほかにないと思った。

それでも彼女は幾たびか躊躇《ちゅうちょ》した。そのうち二月も過ぎて、娘のお春の節句が来た。小幡の家でも雛を飾った。緋《ひ》桃白桃の影をおぼろにゆるがせる雛段の夜の灯を、お道は悲しく見つめた。来年も再来年も無事に雛祭りが出来るであろうか。娘はいつまでも無事であろうか。呪《のろ》われた母と娘とはどちらが先に禍いを受けるのであろうか。そんな恐れと悲しみとが彼女の胸一ぱいに拡がって、あわれなる母は今年の白酒に酔えなかった。

小幡の家では五日の日に雛をかたづけた。今更ではないが雛の別れは寂しかった。その日の午《ひる》すぎにお道が貸本屋から借りた草双紙を読んでいると、お春は母の膝《ひざ》に取りつきながらその挿絵を無心にのぞいていた。草双紙は、かの薄墨草紙で、むごい主人の手討に逢って、杜若《かきつばた》の咲く古池に沈められたお文という腰元の魂が、奥方のまえに形をあらわしてその恨みを訴えるというところで、その幽霊が物凄く描いてあった。稚《おさな》いお春もこれには余ほどおびやかされたらしく、その絵を指して「これ、なに」と、こわごわ訊いた。

「それは文という女のお化けです。お前もおとなしくしないと、庭のお池からこういう怖いお化けが出ますよ」

嚇《おど》すつもりでもなかったが、お道は何心なくこう云って聞かせると、それがお春の神経を強く刺戟《しげき》したらしく、ひきつけたように真っ蒼になって母の膝にひしとしがみ付いてしまった。

その晩にお春はおそわれたように叫んだ。

「ふみが来た！」

明くる晩もまた叫んだ。

「ふみが来た！」

飛んだことをしたと後悔して、お道は早々にかの草双紙を返してしまった。お春は三晩つづいてお文《ふみ》の名を呼んだ。後悔と心配とで、お道も碌々に眠られなかった。そうして、これが彼《か》の恐ろしい禍いの来る前触れではないかとも恐れられた。彼女の眼の前にも、お文の姿がまぼろしのように現われた。

お道もとうとう決心した。自分の信じている住職の教えにしたがって、ここの屋敷を立《た》ち退《の》くよりほかはないと決心した。無心の幼児《おさなご》がお文の名を呼びつづけるのを利用して、かれは俄《にわ》かに怪談の作者となった。その偽りの怪談を口実にして、夫の家を去ろうとしたのであった。

「馬鹿な奴め」と、小幡は自分の前に泣き伏している妻を呆《あき》れるように叱った。しかし、こんな浅はかな女の巧みの底にも、人の母として我が子を思う愛の泉のひそんで流れていることを、Kのおじさんも認めないわけには行かなかった。おじさんの取りなしで、お道はようように夫のゆるしを受けた。

「こんなことは義兄《あに》の松村にも聞かしたくない。しかし義兄の手前、屋敷中の者どもの手前、なんとかおさまりを付けなければなるまいが、どうしたものでござろう」

小幡から相談をうけてKのおじさんも考えた。結局、おじさんの菩提寺の僧を頼んで、表向きは得体《えたい》の知れないお文の魂のための追善供養を営むということにした。お春は医師の療治をうけて夜啼《な》きをやめた。追善供養の功力《くりき》によって、お文の幽霊もその後は形を現わさなくなったと、まことしやかに伝えられた。

その秘密を知らない松村彦太郎は、世の中には理窟《りくつ》で説明のできない不思議なこともあるものだと首をかしげて、日頃自分と親しい二、三の人達にひそかに話した。わたしの叔父もそれを聴いた一人であった。

お文の幽霊を草双紙のなかから見つけ出した半七の鋭い眼力を、Kのおじさんは今更のように感服した。浄円寺の住職はなんの目的でお道に恐ろしい運命を予言したか、それに就いては半七も余り詳しい註釈を加えるのを憚《はばか》っているらしかったが、それから半年の後にその住職は女犯《にょぼん》の罪で寺社方の手に捕われたのを聴いて、お道は又ぞっとした。

彼女は危い断崖《だんがい》の上に立っていたのを、幸いに半七のために救われたのであった。

「今も云う通り、この秘密は小幡夫婦と私のほかには誰も知らないことだ。小幡夫婦はまだ生きている。小幡は維新後に官吏になって今は相当の地位にのぼっている。わたしが今夜話したことは誰にも吹聴《ふいちょう》しない方がいいぞ」と、Kのおじさんは話の終りにこう付け加えた。

この話の済む頃には夜の雨もだんだん小降りになって、庭の八つ手の葉のざわめきも眠ったように鎮《しず》まった。

幼いわたしのあたまには、この話が非常に興味あるものとして刻み込まれた。併しあとで考えると、これらの探偵談は半七としては朝飯前の仕事に過ぎないので、その以上の人を衝動するような彼の冒険仕事はまだまだほかにたくさんあった。彼は江戸時代に於《お》ける隠れたシャアロック・ホームズであった。

わたしが半七によく逢うようになったのは、それから十年の後で、あたかも日清戦争が終りを告げた頃であった。Kのおじさんは、もう此《こ》の世にいなかった。半七は七十を三つ越したとか云っていたが、まだ元気の好い、不思議なくらいに水々しいお爺《じい》さんであった。養子に唐物商《とうぶつや》を開かせて、自分は楽隠居でぶらぶら遊んでいた。わたしは或る機会から、この半七老人と懇意になって、赤坂の隠居所へたびたび遊びに行くようになった。老人はなかなか贅沢《ぜいたく》で、上等の茶を淹《い》れて旨《うま》い菓子を食わせてくれた。

その茶話《ちゃばなし》のあいだに、わたしは彼の昔語りをいろいろ聴いた。一冊の手帳は殆ど彼の探偵物語でうずめられてしまった。その中から私が最も興味を感じたものをだんだんに拾い出して行こうと思う、時代の前後を問わずに――。

山祝いの夜

一

「その頃の箱根はまるで違いますよ」

　半七老人は天保版の道中懐宝図鑑という小形の本をあけて見せた。

「御覧なさい。湯本でも宮の下でもみんな茅葺《かやぶき》屋根に描いてあるでしょう。それを思うと、むかしと今とはすっかり変ったもんですよ。その頃は箱根へ湯治《とうじ》に行くなんていうのは一生に一度ぐらいの仕事で、そりゃあ大変でした。いくら金のある人でも、道中がなかなか億劫《おっくう》ですからね。まあ、普通は初めの朝に品川をたって、その晩は程ヶ谷か戸塚にとまって、次の日が小田原泊りというのですが、女や年寄りの足弱《あしよわ》連れだと小田原まで三日がかり。それから小田原を発《た》って箱根へのぼるというのですから、湯治もどうして楽じゃありませんでした。わたくしが二度目に箱根へ行ったのは文久二年の五月で、多吉という若い子分を一人連れて、お節句の菖蒲《しょうぶ》を軒《のき》から引いた翌《あ》くる日に江戸をたって、その晩は式《かた》の通りに戸塚に泊って、次の日の夕方に小田原の駅《しゅく》へはいりました。日の長い時分ですから、道中は楽でしたが、旧暦の五月ですから、日のうちはもう暑いのに少し弱りました。なに、こっちは湯治の何のというわけじゃないので、実は八丁堀の旦那《だんな》（同心）の御新造《ごしんぞ》が産後ぶらぶらしていて、先月から箱根の湯本に行っているので、どうしても一度は見舞に行かなけりゃあならないような破目《はめ》になって、無けなしの路用をつかって、御用の暇をみて道中に出たわけなんです。それでも旅へ出ればのんきになって、若い奴《やつ》を相手に面白くあるいて行きました。で、今も申す通り、二日目の夕方に酒匂《さかわ》の川を渡って、小田原の御城下に着いて、松屋という旅籠屋《はたごや》に草鞋《わらじ》をぬぐと、その晩に一つの事件が出来《しゅったい》したんです」

その頃の小田原と三島の駅《しゅく》は、東海道五十三次のなかでも屈指の繁昌《はんじょう》であった。それはこの二つの駅のあいだに箱根の関を控えているからで、東から来た旅人は小田原にとまり、西から来た人は三島に泊って、あくる日に箱根八里の山越しをするというのが其《そ》の当時の習いであった。そうして、小田原を発《た》ったものは三島にとまり、三島を発った者は小田原に泊ることになるので、東海道を草鞋であるくものは、否《いや》が応《おう》でもこの二つの駅に幾らかの旅籠銭《はたごせん》を払って行かなければならなかった。関所を越える旅ではないが、半七もやはり小田原に泊って、あくる日湯本の宿《やど》をたずねて行こうと思っていた。

道草を食いながらぶらぶらあるいて来たので、二人が宿へ着いたのはもう六ッ半（午後七時）頃であった。風呂《ふろ》へはいって来ると、女中がすぐに膳《ぜん》を運び出した。半七は下戸《げこ》であるが、多吉は飲むので、二人の膳のうえには徳利が乗っていた。多吉の附き合いに二、三杯飲むと、もう半七はまっ赤になって、膳を引かせると、やがてそこへごろりと横になってしまった。

「親分、くたびれましたかえ」と、多吉は宿から借りた紅摺《べにず》りの団扇《うちわ》で、膝《ひざ》のあたりの蚊を追いながら云《い》った。

「むむ。あんまり道草を食ったので、ちっとくたびれたようだ。意気地がねえ。おとどし大山《おおやま》へ登った時のような元気はねえよ」と、半七は寝ころびながら笑った。

「時に親分。わっしは先刻《さっき》ここの風呂へ行く途中で変な奴に逢《あ》いましたよ」

「誰に逢った」

「なんという奴だか知らねえんですけれど、なんでも堅気《かたぎ》の人間じゃありません。どこかで見た奴だと思うんだが、どうも思い出せないので……。なにしろ廊下で私に逢ったら、あわてて顔をそむけて行きましたから、むこうでも覚《さと》ったに相違ありません。あんな奴が泊っているようじゃあ、ちっと気をつけなけりゃあいけませんぜ」と、多吉は仔《し》細《さい》らしくささやいた。

「まさか、胡麻《ごま》の蠅《はえ》じゃあるめえ」と、半七はまた笑った。「小博奕《こばくち》でも打つぐらいの奴なら、旅籠屋へきて別に悪いこともしねえだろう。道楽者は却《かえ》って神妙なものだ」

こっちが気にも留めないので、多吉もそれぎり黙ってしまった。四ツ（午後十時）頃に床をしかせて、二人は六畳の座敷に枕《まくら》をならべて寝ると、その夜なかに半七はふと目をさました。

「やい、多吉。起きろ、起きろ」

二、三度呼ばれて、多吉は寝ぼけまなこをこすった。

「親分。なんです」

「なんだか家《うち》じゅうがそうぞうしいようだ。火事か、どろぼうか、起きてみろ」

多吉は寝衣《ねまき》のままで蚊帳《かや》をくぐって出て、すぐに二階を降りて行ったが、やがて又あわただしく引っ返して来た。

「親分。やられた。人殺しだ」

半七も起き直った。多吉の話によると、裏二階に泊った駿府《すんぷ》（静岡）の商人《あきんど》の二人づれが何者にか殺されて、胴巻の金を盗まれたというのであった。一人は寝ているところを一と突きに喉《のど》を刺されたのである。そうして、その蒲団《ふとん》の下に入れてあった胴巻をひき出そうとする時に、となりに寝ている連れの男が眼をさましたので、これもついでに斬《き》り付けたらしく、その男は寝床から少し這《は》い出して、頸《くび》すじを斜めに斬られて倒れていた。

「役人が来て、もう調べています。なんでも外からはいったものじゃないらしいと云っていますから、いずれここへも調べにくるでしょう」と、多吉は云った。

「ひどいことをする奴だな」と、半七は首をかしげて考えていた。「なにしろ調べに来るまでは無暗《むやみ》に動いちゃあならねえ。まあ差し当ってはじっとしていろ」

「そうですね」

二人は床のうえに坐《すわ》って待っていると、廊下を急いで来る足音がこの座敷のまえに止まって、だしぬけに障子をがらりとあけて這い込んで来た者があった。彼は蚊帳の外から声をかけた。

「大哥《あにい》。多吉の大哥。すまねえが助けてくれ」

「誰だ」と、多吉はうす暗い行燈《あんどん》の火で蚊帳越しに透かしてみると、それは廊下でさっき出逢った男であった。彼は二十八九で、色のあさ黒い、小じっかりとした男で、ひどくあわてたように息をはずませていた。

「わっしだ、小森の屋敷の七蔵だ。おめえにはちっと義理の悪いことがあるもんだから、さっきは知らねえ顔をして悪かった。後生《ごしょう》だ、なんとか助けてくれ」

名乗られて、多吉もようよう思い出した。かれは下谷の小森という与力の屋敷の中間《ちゅうげん》で、ふだんから余り身状《みじょう》のよくない、方々の屋敷の大部屋へはいりこんで博奕を打つのを商売のようにしている道楽者であった。去年の暮、あるところで彼は博奕に負けて、寒空に素っ裸にされようとするところへ、ちょうど多吉が行きあわせて、可哀《かわい》そうだと思って一分二朱ばかり貸してやった。七蔵はひどく喜んで、大晦日《おおみそか》までにはきっと多吉の家《うち》までとどけると固く約束して置きながら、ことしの今まで顔出しもしなかったのである。

「ちげえねえ。小森さんの屋敷の七蔵か。てめえ、渡り者のようでもねえ、あんまり世間の義理を知らねえ野郎だ」

「だから今夜はあやまっている。大哥、拝むから助けてくんねえ」

「てめえに拝み倒されるおれじゃあねえ。嫌だ、嫌だ」

多吉は強情に跳ね付けているのを聞きかねて、半七は口を出した。

「まあ、そう色気のねえことを云うなよ。そこで、七蔵さんという大哥はわたし達になんの用があるんです。わたしは神田の半七という者です」

「やあ、どうも……」と、七蔵はあらためて会釈《えしやく》した。「親分、後生だから助けておくんなせえ」

「どうすりゃあお前さんが助かるんだ」

「実は旦那が私を手討ちにして、自分も腹を切るというんで……」

「ふむう」

これには半七もおどろかされた。どんな事情があるか知らないが、武士が家来を手討ちにして自分も腹を切る、それは容易ならないことだと思った。多吉もさすがにびっくりして、行儀の悪い膝を立て直して云った。

「まあ蚊帳《かや》へはいれ。一体そりゃあどういう理窟《りくつ》だ」

二

七蔵の主人の小森市之助というのは、今年まだ二十歳《はたち》の若侍であった。かれは御用の道中で、先月のはじめに江戸をたって駿府へ行った。その帰りに、ゆうべは三島の本陣へ泊ると、道楽者の七蔵は近所を見物するとか云って宿を出て、駅《しゅく》の女郎屋をさがしにゆく途中で、一人の男に声をかけられた。男は三十五六の小粋な商人風で、菅笠《すげがさ》を手に持って小さい荷物を振り分けにかついでいた。彼は七蔵を武家の家来と知って呼び止めたのであった。

男は七蔵になれなれしく話を仕掛けた。ここの駅では何という宿がよいかなどと訊《き》いた。そのうちに男はそこらで一杯飲もうと誘った。渡り者の七蔵は大抵その意味を察したので、すぐに承知して近所の小料理屋へ一緒に行った。ずうずうしい彼は、ひとの振舞い酒を遠慮なしに鱈腹《たらふく》飲んで、もういい心持に酔った頃に、かれを誘った旅の男は小声で云った。

「時に大哥。どうでしょう。あしたはお供をさせて頂くわけには……」

男は関所の手形を持っていないのである。こういう旅人《たびびと》は小田原や三島の駅にさまよっていて、武家の家来に幾らかの賄賂《わいろ》をつかって、自分も臨時にその家来の一人に加えて貰《もら》って、無事に箱根の関を越そうというのである。勿論《もちろん》、手形には主人のほか家来何人としるしてあるが、荷物が多くなったので臨時に荷かつぎの人間を雇ったといえば、大抵無事に通過することを許されていた。殊《こと》に御用の道中などをする者に対しては、関所でも面倒な詮議《せんぎ》をしなかった。この男もそれを知っていて、あしただけの供を七蔵に頼んだのであった。

大方そんなことであろうと、七蔵も最初から推量していたので、彼はその男から三分の銭《ぜに》を貰ってすぐに呑《の》み込んで、あしたの明け六ツまでに本陣へたずねて来るように約束して、彼はその男と別れた。こういうことは武家の家来が一種の役得《やくとく》にもなっていたので、よほど厳格な主人でない限りはまず大眼《おおめ》に見逃がしておく習いになっていた。殊に七蔵の主人の市之助はまだ若年《じゃくねん》であるので、勿論そんなことは家来まかせにして置いた。

あくる朝になると、その男は約束の通りに来た。

「わたくしは喜三郎と申します。なにぶん願います」

彼は市之助のまえにも挨拶《あいさつ》した。そうして、型ばかりの荷物をかつがせて貰って、かれは市之助主従のあとに付いて出た。彼はなかなか旅馴《な》れているとみえて、峠へのぼる間もいろいろの道中の話などを軽口《かるくち》にしゃべって、主従の疲れを忘れさせた。市之助も彼を面白い奴だと云った。

無事に関所を越えて小田原の駅につくと、喜三郎は今夜も一緒に泊めてくれと云った。かれは主従を立場《たてば》に休ませて置いて、自分ひとりが駈《か》けぬけて駅へはいったが、やがて又引っ返して来て、今夜は本陣にふた組の大名が泊っている。脇《わき》本陣にも一と組とまっている。そんな混雑の宿へ泊るよりも普通の旅籠屋へ泊った方が静かでよかろう。自分は松屋という宿を識《し》っているから、そこへ御案内したいと云った。

いくら御用の道中でも、本陣に泊るのは少し窮屈である。本陣に泊っては女を呼ぶわけにもゆかない。酔って騒ぐわけにもゆかない。箱根を越せばもう江戸だと思うにつけても、窮屈な本陣の古ぼけた屋敷に押し込まれるよりも、普通の小綺麗《こぎれい》な旅籠屋に泊って、ゆっくりと手足をのばして旨《うま》い酒でも飲みたいと七蔵は思った。すこし渋っている主人を無暗にそそり立てて、彼は喜三郎が知っているという普通の旅籠屋に泊ることに決めさせて、三人はその松屋にはいった。

「失礼でございますが、今夜はわたくしが山祝いをいたしましょう」と、喜三郎は云った。

旅人が無事に箱根を越せば、その夜の宿で山祝いをするのが当時の習いであるので、本来ならば主人の市之助から供の二人に三百文ずつの祝儀《しゅうぎ》をやって、ほかに酒でも振舞うべきであった。市之助も勿論その祝儀を出した。その二人分の六百文を七蔵はみんなふところに押し込んでしまって、更に喜三郎にむかって山祝いの酒を買えと強請《いたぶ》りかけると、喜三郎は素直に承知した。

市之助はさすがに武家気質《かたぎ》で、仮りにも供と名の付くものに酒を買わせる法はないというのを、七蔵は無理におさえつけて、万事わたくしに任せてくれと云った。主人の振舞ってくれる酒では羽目《はめ》をはずして飲むわけにはゆかないので、彼は喜三郎をいたぶって、今夜も存分に飲もうという目算《もくさん》であった。その目算通りに、喜三郎は山祝いを快く引きうけて、宿の女中に酒や肴《さかな》をたくさん運ばせた。

「今夜はまずめでたいな」と、市之助は云った。

「おめでとうございます」と、供の二人も頭をさげた。

強《し》いられて市之助もすこし飲んだ。七蔵は止め度もなしに飲んだ。いい頃を見はからって、喜三郎は他愛のない七蔵を介抱して主人のまえを退《さ》がった。主人は奥の下座敷の六畳に寝て、供のふたりは次の間の四畳半の相部屋で寝た。その夜なかに喜三郎は裏二階の客二人を殺して、どこへか姿を隠したのであった。

「さては盗賊か」と、市之助はおどろいた。

七蔵も今更におどろいた。金と酒とに眼がくれて、飛んでもないものを連れて来たと、彼もさすがに顔色を変えた。

前にもいう通り、それが当時の習いとは云いながら、素姓の知れないものを供といつわって関所をぬけさせたということが、表向きの詮議になれば面倒であることは云うまでもない。煎《せん》じつめれば、これも一種の関破りである。何事もなければ仔細はないが、こういう事件が出来《しゅったい》した以上、もう隠すにも隠されない破目《はめ》になって、市之助は当然その責《せめ》を負わなければならなかった。もう一つの面倒は、御用の道中でありながら、本陣または脇本陣に泊らないで、殊更に普通の旅籠《はたご》屋にとまったということである。そうして、その旅籠屋でこんな事件を生み出したのであるから、市之助の不都合は重々であると云われても、一言の云い開きも出来ない。

年の若い市之助は、その発頭人《ほっとうにん》たる七蔵を手討ちにして、自分も腹を切ろうと覚悟を決めたのである。ゆうべの酒もすっかり醒《さ》めてしまって、七蔵はふるえあがった。

「それは御短慮でござります。まずしばらくお待ちくださりませ」

一生懸命に主人をなだめているうちに、彼は宵に廊下で出逢った多吉のことを思い出した。多吉に頼んでその盗賊を取り押えて貰ったら、又なんとか助かる工夫《くふう》もありそうなものだと、彼はすぐにこの部屋に転《ころ》げ込んで来たのであった。

その話を聴いて半七と多吉は顔をみあわせた。

「しかし旦那は立派な覚悟だ。それよりほかにしようはあるめえ。おまえさんも尋常に覚悟を決めたらどうだね」と、半七は云った。

「そんなことを云わねえで、後生《ごしょう》だから助けておくんなせえ。この通りだ」と、七蔵は両手をあわせて半七を拝んだ。根が差したる悪党でもない彼は、もうこうなると生きている顔色《がんしょく》はなかった。

「それほど命が惜しけりゃあ仕方がねえ。おめえはこれから逃げてしまえ」

「逃げてもようがすかえ」

「おめえがいなければ旦那を助ける工夫《くふう》もある。すぐに逃げなせえ。これは少しだが路用の足しだ」

半七は蒲団《ふとん》の下から紙入れを出して、二分金を二枚ほうってやった。そうして、自分の座敷へは戻らずに、すぐに何処《どこ》へか姿をかくせと教えると、七蔵はその金をいただいて早々に出て行った。

半七は着物を着換えて、奥の下座敷へたずねて行こうとすると、階下《した》の降り口で宿の女中のうろうろしているのに逢った。

「おい。お役人衆はもうお引き揚げになったかえ」

「いいえ」と、女中はふるえながらささやいた。「皆さんはまだ帳場にいらっしゃいます」

「そうかい。下座敷に上下三人づれのお武家が泊っているだろう。その座敷はどこだえ」

「え」と、女中はためらっていた。

その様子で、半七はたいてい覚った。役人たちも市之助主従に眼をつけたのであるが、相手が武士だけに少し遠慮しているらしい。それを女中もうすうす知っているので、その座敷へ案内するのを躊躇《ちゅうちょ》しているのであろう。半七は気が急《せ》くので重ねて催促した。

「え、どの座敷だ。早く教えてくんねえ」

女中は仕方なしに指さして教えた。この縁側をまっすぐに行って、左へまがると風呂場がある。その前を通って奥へゆくと、小さい中庭を隔てたふた間の座敷がそれである、と云った。

「や、ありがとう」

教えられた通りに縁側を伝ってゆくと、その座敷の前に出た。

「ごめん下さいまし」

障子の外から声をかけても、内にはなんの返事もないので、半七は障子をそっと細目にあけて覗《のぞ》くと、蚊帳の釣手は二本ばかり切れて落ちていた。蚊帳のなかには血だらけの男が一人倒れているらしかった。

「もう切腹したのか」

もう遠慮はしていられないので、半七は思い切って障子をあけてはいると、座敷の隅の方に片寄せてある行燈の光りはくずれかかっている蚊帳の青い波を照らして、その波の底に横たわっているのは、かの七蔵の死骸《しがい》であった。まだぐずぐずしていて、とうとう手討ちに逢ったのかと思ったが、そこらに主人らしい人の影は見えなかった。主人は彼を成敗して、どこへ姿を隠したのであろう。半七は差し当って思案に迷った。

この途端に、縁側で人の窺《うかが》っているような気配がきこえたので、耳のさとい半七はすぐにからだを捻《ね》じ向けて、うす暗い障子の外を透かしてみると、彼にこの座敷のありかを教えてくれた若い女中が縁側に小膝をついて、内の様子を窺っているらしかった。半七は猶予《ゆうよ》なく飛び出して、その女中の腕をつかんで座敷へぐいぐいと引き摺り込んだ。女中は二十歳ぐらいで、色白の丸顔の女であった。

「おい、おめえはここで何をしていた。正直に云わねえと為《ため》にならねえぞ。おめえはこの座敷にいた客のうちで、誰か知っている人でもあるのか。ほかの女中はみんな小さくなって引っ固まっているのに、おめえ一人はさっきから其処《そこ》らをうろうろしているのは、なにか訳があるに相違ねえ。この男を識っているのか」と、半七は蚊帳のなかに倒れている七蔵を指さして訊いた。

女中は身をすくめながら頭《かぶり》をふった。

「それじゃあ連れの男を識っているのか」

女中はやはり識らないと云った。彼女はおどおどして始終うつむき勝ちであったが、ときどきに床の間に列《なら》んだ押入れの方へその落ち着かない瞳《ひとみ》を配っているらしいのが、半七の眼についた。その頃の旅籠屋には押入れなどを作っていないのが普通であったが、この座敷は特別の造作《ぞうさく》とみえて、式《かた》ばかりの床の間もあった。それに列んで一間の押入れも付いていた。

その押入れを横眼に見て、半七はうなずいた。

三

「おい、ねえさん。隠しちゃいけねえ。おめえはどうしてもこの座敷の三人のうちに、何か係り合いがあるに相違ねえ。正直にいえばよし、さもなければお前を引き摺って行って、役人衆に引き渡すからそう思え。そうなったら、おめえばかりじゃねえ、ほかにも迷惑する人が出来るかも知れねえぜ。おめえが素直に白状してくれれば、おれが受け合って誰にも迷惑をかけねえようにしてやる。まだ判《わか》らねえか。おれは江戸の御用聞きで、今夜丁度ここへ泊りあわせたんだ。決して悪いようにしねえから何もかも云ってくれ」

半七の素姓を聞かされて、若い女中はいよいよおびえたらしく見えたが、いろいろ嚇《おど》されて、賺《すか》されて、彼女はとうとう正直に白状した。かれはお関という女で、おとどしからここに奉公している者であった。ゆうべこの座敷で山祝いの酒が出たときに、お関はその給仕に出て皆の酌をしたが、供の二人にくらべると、さすがに主人の若い武家は水際《みずぎわ》立って立派に見えたので、こっちも年の若いお関の眼は兎角《とかく》にその人の方にばかり動いた。供の二人はそれを早くも見つけて、いろいろにお関をなぶった。そうして、おれ達にたのめばきっと旦那に取り持ってやるなどと云った。

その冗談がほんとうになって、七蔵が便所《はばかり》に行ったのを送って行ったお関は、廊下でそっと彼に取り持ちを頼むと、酔っている七蔵は無雑作《むぞうさ》に受け合って、おれから旦那にいいように吹き込んでやるから、家《うち》じゅうが寝静まった頃に忍んで来いと云った。お関はそれを真《ま》に受けて、夜ふけにそっと自分の寝床をぬけ出して行ったが、市之助の座敷のまえまで来て彼女はまた躊躇した。障子の引手に手をかけて、かれは急に恥かしくなった。まず媒妁人《なこうど》の七蔵をよび起して、今夜の首尾を確かめようと、彼女は更に次の間の障子をあけると、酔い潰《つぶ》れた七蔵は蚊帳から片足を出して蟒蛇《うわばみ》のような大鼾《おおいびき》をかいていた。一つの蚊帳に枕をならべている筈の喜三郎の寝床は空《から》になっていた。

いくら揺り起しても、七蔵はなかなか眼を醒まさないので、お関もほとほと持て余していると、そこへ喜三郎が外からぬッとはいって来た。彼はお関を見てひどくびっくりしたような様子で、しばらく突っ立ったままでじっと睨《にら》んでいるので、お関はいよいよきまりが悪くなって、行燈の油をさしに来たのだと誤魔かして、早々にそこを逃げ出した。

それでも未練で、彼女はまだ立ち去らずに縁側に忍んでいると、内では七蔵が眼を醒ましたらしかった。そうして、喜三郎となにかひそひそ話し合っているらしかったが、やがて再び障子がそっとあいたので、お関は碌々《ろくろく》にその人の姿も見きわめないで、あわてて自分の部屋に逃げて帰った。裏二階の人殺しがほんとうの油差しの男に発見されたのは、それから小半刻《こはんとき》の後であった。

自分のかかり合いになるのを恐れて、お関は役人に対して何も口外しなかったが、前後の模様からかんがえると、自分が七蔵の座敷に忍びこんだときに、喜三郎は人を殺して帰って来て、七蔵となにか相談して又そこを出て、中庭から塀越しに逃げ去ったものらしく思われた。勿論、自分はその事件に何のかかり合いもないのであるが、丁度その座敷に居あわせたという不安と、もう一つは市之助の身を案じて、先刻からそこらにうろうろしているのであった。

「そうか。判った」と、半七はその話を聴いてうなずいた。「して、その武家はどうした」

「今までここにおいででしたが……」

「隠していちゃあいけねえ。ここか」と、半七は押入れを頤《あご》で示して訊いた。

その声は低かったが、隠れている人の耳にはすぐ響いたらしい。お関が返事をする間もなく、押入れの戸をさらりとあけて、若い侍が蒼《あお》ざめた顔を出した。かれは片手に刀を持っていた。

「わたしは小森市之助だ、家来を手討ちにして切腹しようとするところへ、人の足音がきこえたので、召捕られては恥辱と存じて、ひとまず押入れに身をかくしていたが、覚られては致し方がない。どうぞ情けに切腹させてくれ」

刀を取り直そうとする臂《ひじ》のあたりを、半七はあわてて摑《つか》んだ。

「御短慮でございます。まずお待ちくださいまし。この七蔵は又引っ返して参ったのでございますか」

「切腹と覚悟いたしたれば、身を浄《きよ》めようと存じて湯殿へ顔を洗いにまいって、戻ってみれば重々不埒《ふらち》な奴、わたしの寝床の下に手を入れて、胴巻をぬすみ出そうと致しておった。所詮助けられぬとすぐ手討ちにいたした」

七蔵の手には果たして胴巻をつかんでいた。抱き起してみると、まだ息が通っているらしいので、半七は取りあえず気付けの薬をふくませた。お関に云いつけて、冷たい水を汲《く》んできて飲ませた。手当ての甲斐《かい》があって、七蔵はようように正気が付いた。

「やい、しっかりしろ」と、半七は彼の耳に口をよせて云った。「てめえ、おれ達までも一杯食わせようとしたな。悪い奴だ。てめえはあの喜三郎という奴から幾ら貰った」

「なんにも貰わねえ」と、七蔵は微《かす》かに云った。

「嘘《うそ》をつけ。てめえは喜三郎から幾らか分け前を貰って、承知のうえ逃がしたろう。ここにいる女中が証人だ。どうだ。まだ隠すか」

七蔵は黙って首をうなだれてしまった。


「まあ、お話はそこまでですよ」と、半七老人は云った。

「七蔵も最初から喜三郎と同腹《ぐる》ではなかったのですが、お関に起されて眼をさましかかった所へ、丁度に喜三郎が仕事をして帰って来たもんですから、喜三郎も悪いところを見られたと思って、口ふさげに十五両やってそっと逃がして貰ったんです。七蔵もそれで知らん顔をしている積りだったんでしょうが、だんだん事面倒になって来て、主人が切腹するの手討ちにするのと云い出したので、奴もおどろいて私たちのところへ駈け込んで来たんです。それですぐに逃げればいいものを、自分の座敷へ荷物を取りに引っ返して来ると、主人が丁度いなかったもんですから、急にまた慾心《よくしん》を起して、行き掛けの駄賃に主人の胴巻まで引っさらって行こうとしたのが運の尽きで、とうとうこんなことになってしまったんです。一旦は息を吹き返しましたけれども、なにぶんにも傷が重いので、夜の引明けにはやはり眼を瞑《つむ》ってしまいました」

「それで主人はどうしました」とわたしは訊いた。

「わたくしがいいように知恵をつけて、悪いことはみんな七蔵にかぶせてしまいました。まったく当人が悪いのだから仕方がありません。つまりその喜三郎というやつが七蔵の親類だというので、主人はそれを信用して臨時の荷かつぎに雇ったのだということにこしらえて、まずどうにか無事に済みました。ふだんの時ならば、それでも主人に相当のお咎《とが》めがあるんでしょうが、なにしろもう幕末で幕府の方でも直参《じきさん》の家来を大切にする時でしたから、何事もみんな七蔵の罪になってしまって、市之助という人にはなんにも瑕《きず》がつかずに済みました」

「それで、その喜三郎という奴のゆくえは知れないんですか」と、私は又きいた。

「いや、それが不思議な因縁で、やっぱりわたくしの手にかかったんですよ。小田原の方はまずそれで済んで、わたくしは多吉をつれて箱根へ行くと、となりの温泉宿にとまっている奴がどうもおかしいと多吉が云うので、わたくしも気をつけてだんだん探ってみると、そいつは左足を挫《くじ》いているんです。念のために小田原の宿の者をよんで透《す》き視《み》をさせると、このあいだの晩とまった客に相違ないというので、すぐに踏み込んで召し捕りました。宿屋の塀を乗り越して逃げるときに、踏みはずして、転げ落ちて、左の足を引っ挫いたので、遠くへ逃げることが出来なくなって、その治療ながら湯本に隠れていたんだそうです。これはわたくしの手柄でもなんでもない、不意の拾い物でした。江戸へ帰ってから、小森市之助という侍はわたくしのところへ礼ながら尋ねてくれましたから、その話をして聞かせると、大層よろこんでいました。なんでもその市之助という人は、御維新のときに、奥州《おうしゅう》の白河あたりで討死にをしたとかいうことですが、小田原の宿屋で冷たい腹を切るよりも、幾年か生きのびて花々しく討死にした方がましでしたろう」

筆屋の娘

一

久し振りで半七老人に逢《あ》うと、それがまた病みつきになって、わたしはむやみに老人の話が聴きたくなった。「蝶《ちょう》合戦」の話を聞いたのち四、五日を経て、わたしはこの間の礼ながらに赤坂へたずねてゆくと、老人は縁側に出て金魚鉢の水を替えていた。けさも少し陰って、狭い庭の青葉は雨を待つように、頭をうなだれて、うす暗いかげを作っていた。

「あなたはつけが悪い。きょうも降られそうですぜ」と、半七老人は笑っていた。

金魚の手がえしは梅雨《つゆ》のうちが一番むずかしいなどという話が出た。それからだんだんに糸を引いて、わたしはいつもの話の方へ引き寄せてゆくと、老人は「又ですかい」とも云《い》わずに、けさは自分から進んですらすらと話し出した。

「あれはいつでしたっけね」と、老人は眼をつぶりながら考えていた。「そうです、そうです。あの太郎稲荷《いなり》がはやり出した年ですから慶応三年の八月、まだ残暑の強い時分でした。御存知でしょう、浅草田圃《たんぼ》の太郎様を……。あのお稲荷様は立花様の下屋敷《しもやしき》にあって、一時ひどく廃《すた》れていたんですが、どういう訳かこの年になって俄《にわ》かに繁昌《はんじょう》して、近所へ茶店や食い物屋がたくさんに店を出して、参詣人《さんけいにん》が毎日ぞろぞろ押し掛けるという騒ぎでしたが、一年ぐらいで又ぱったりと寂しくなりました。神様にも流行《はや》り廃りがあるから不思議ですね。いや、そんなことはまあどうでもいいとして、これからお話しするのは慶応三年の八月はじめのことで、下谷《したや》の広徳寺前の筆屋の娘が頓死《とんし》したんです。御承知の通り、下谷から浅草へつづいている広徳寺前の大通りは、昔からお寺の多いところでして、それに連れて法衣屋《ころもや》や数珠《じゅず》屋のたぐいもたくさんありましたが、そのなかに二、三軒の筆屋がありました。その筆屋のなかでも東山堂という店が一番繁昌していました。繁昌するには訳があるので、はははははは」

「どういう訳があるんです」

「そこに姉妹《きょうだい》の娘がありましてね。姉はその頃十八で名はおまん、妹の方は十六でお年《とし》と云っていましたが、姉妹ともに色白の容貌《きりょう》好しで……。まあ、そういう看板がふたり坐《すわ》っていれば、店は自然と繁昌するわけですが、まだ其《そ》のほかに秘伝があるので……。誰でもその店へ行って筆を買いますと、娘達がきっとその穂を舐《な》めて、舌の先で毛を揃《そろ》えて、鞘《さや》に入れて渡してくれるんです。白い毛の筆を買えば、口紅の痕《あと》までがほんのりと残っていようという訳ですから、若い人達はみんな嬉《うれ》しがります。それが評判になって、近所のお寺の坊さんや本郷から下谷浅草界隈《かいわい》の屋敷者などが、わざわざこの東山堂までやって来て、美しい娘の舐めてくれた筆を買って行くという訳で、誰が云い出したとも無しに『舐め筆』という名を付けられてしまって、広徳寺前の一つの名物のようになっていたんです。その姉娘が急に死んだのですから、近所では大評判でしたよ」

姉娘のおまんは急死したと披露されているけれども、どうも変死らしいという噂《うわさ》が立った。ここらを持ち場にしている下《した》っ引《ぴき》の源次がそれを聞き込んで、だんだん探索を進めてゆくと、おまんは確かに変死であると判《わか》った。七月二十五日の夕方から彼女は気分が悪いと云い出した。最初はさしたることでもあるまいと思って、買いぐすりなどを飲ませていると、夜の五ツ（午後八時）頃になって、いよいよひどく苦しみ出して、しまいには吐血した。家内の者もびっくりして、すぐ医者を呼んで来たがもう遅かった。おまんは衾《よぎ》や蒲団《ふとん》を掻《か》きむしって苦しんで、とうとう息が絶えてしまった。医者は何かの中毒であろうと診断した。

東山堂では医者にどう頼んだか知らないが、ともかくも食あたりということで、その明くる日に葬式《とむらい》を出そうとした。その報告を源次から受け取って、半七も首をかしげた。

彼は念のために八丁堀同心へその次第を申し立てると、不審の筋ありというので葬式はひとまず差し止められた。町奉行所から当番の与力や同心が東山堂へ出張って、式《かた》のごとくにおまんの死体を検視すると、かれは普通の食あたりでなく、たしかに毒薬を飲んだのであることが判った。しかしその毒薬を自分で飲んだのか、人に飲まされたのか、自殺か毒殺かは容易に判らなかった。検視が済んで、おまんの埋葬はとどこおりなく許されたが、あとの詮議《せんぎ》がすこぶるむずかしくなった。

自害にしても其の事情はよく取り調べなければならない。他人の毒害となれば勿論《もちろん》重罪である。いずれにしても、等閑《なおざり》には致されない事件と認められて、第一の報告者たる半七が、その探索を申し付けられた。半七はすぐ源次を近所の小料理屋へ連れて行った。

「おい、源次。ちょいと面白そうな筋だが、なにしろ娘はゆうべ死んで、もうすっかり後始末をしてしまったところへ乗り込んで来たんだから、場所にはなんにも手がかりはねえ。どうしたもんだろう。おめえ、なんにも当りはねえのか」

「そうですねえ」と、源次は首をひねった。誰のかんがえも同じことで、舐め筆の娘の変死はいずれ色恋のもつれであろうと彼は云った。

「そこで、自分で毒を食ったのか、それとも人に毒を飼われたのか」

「親分はどう睨《にら》んだか知らねえが、わっしは自分でやったんじゃあるめえと思います。なにしろ其の日の夕方までは店できゃっきゃっとふざけていたそうですからね。それに近所の噂を聞いても、別に死ぬような仔細《しさい》は無いらしいんです」

「そうか」と、半七はうなずいた。「そこで娘に毒を食わしたのは内の者か、外の者か」

「さあ。そこまでは判らねえが、まあ内の者でしょうね。わっしは妹じゃあないかと思うんですが……。別に証拠もありませんが、なにか一人の男を引っ張り合ったとかいうような訳で……。それとも姉に婿《むこ》を取って身上《しんしょう》を譲られるのが口惜《くや》しいとかいうので……。どうでしょう」

そんなことが無いでもないと半七は思った。東山堂の店は主人の吉兵衛と女房のお松、姉妹の娘二人のほかに二人の小僧とあわせて六人暮らしであった。小僧の豊蔵はことし十六で、一人の佐吉は十四であった。主人夫婦が現在の娘を毒害しようとは思われない。二人の小僧も真逆《まさか》にそんなことを巧もうとは思われない。もし家内のものに疑いのかかるあかつきには、まず妹娘のお年に眼串《めぐし》をさされるのが自然の順序であった。しかしまだ十六の小娘のお年がどこで毒薬を手に入れたか、その筋道を考えるのが余ほどむずかしかった。

「おれの考えじゃあどうも妹らしくねえな。ほかの奴《やっ》が何か細工をしたんじゃあねえか」

「そうでしょうか」と、源次はすこし不平らしい顔をしていた。「そんなら東山堂ではなぜそれを表向きにしねえで、隠密《おんみつ》に片付けてしまおうとしたのでしょう。それがおかしいじゃありませんか。わっしの鑑定じゃあ、親達も薄々それを気付いているが、表向きにすりゃあ妹の首に縄がつく。看板娘が一度に二人も無くなって、おまけに店から引き廻しが出ちゃあ、もうこの土地で商売をしちゃあいられねえ。そこを考えて、もう死んだものは仕方がねえと諦《あきら》めて、科人《とがにん》を出さねえようにそっと片付けようとしたんだろうと思います」

「それも理窟《りくつ》だ。じゃあ、ともかくもおめえは妹の方を念入りに調べ上げてくれ。おれは又、別の方角へ手を入れて見るから」

「ようごぜえます」

二人は約束して別れた。その明くる朝、半七が朝飯を食って、これからもう一度下谷へ行ってみようかと思っているところへ、源次が汗を拭《ふ》きながら駈《か》け込んで来た。

「親分、あやまりました。わっしはまるで見当違いをしていました。舐め筆の娘は、自分で毒を食ったんですよ」

「どうして判った」

「こういう訳です。あの店から、五、六軒先の法衣屋《ころもや》の筋向うに徳法寺という寺があります。そこの納所《なっしょ》あがりに善周という若い坊主《ぼうず》がいる。娘の死んだ明くる朝にやっぱり頓死したんだそうで……。それが同じように吐血して、なにか毒を食ったに相違ないということが今朝になって初めて判りました。その善周というのは色の小白い奴で、なんでもふだんから筆屋の娘たちと心安くして、毎日のように東山堂の店に腰をかけていたと云いますから、いつの間にか姉娘とおかしくなっていて、二人が云いあわせて毒を飲んだのだろうと思います。なにしろ相手が坊主じゃあ、とても一緒にはなれませんからね」

「すると、心中だな」

「つまりそういう理窟になるんですね。男と女とが舞台を変えて、別々に毒をのんで、南無阿弥陀仏《なむあみだぶつ》を極めたんでしょう。そうなると、もう手の着けようがありませんね」と、源次はがっかりしたように云った。

若い僧と筆屋の娘とが親しくなっても、男が法衣《ころも》をまとっている身の上ではとても表向きに添い遂げられる的《あて》はない。男から云い出したか、女から勧めたか、ともかくも心中の約束が成り立って、二人が分かれ分かれの場所で毒を飲んだ。それは有りそうなことである。二人がおなじ場所で死ななかったのは、男の身分を憚《はばか》ったからであろう。僧《そう》侶《りよ》の身分で女と心中したと謳《うた》われては、自分の死後の恥ばかりでなく、ひいては師の坊にも迷惑をかけ、寺の名前にも疵《きず》が付く。破戒の若僧もさすがにそれらを懸《け》念《ねん》して、ふたりは死に場所を変えたのであろう。こう煎《せん》じつめてゆくと、二人が本望通りに死んでしまった以上、ほかに詮議の蔓《つる》は残らない筈《はず》である。源次が落胆するのも無理はなかった。

「そこで、その坊主には別に書置もなかったらしいか」と、半七は訊《き》いた。

「そんな話は別に聞きませんでした。あとが面倒だと思って、なんにも書いて置かなかったんでしょう」

「そうかも知れねえ。それから妹の方には別に変った話はねえのか」

「妹は先月頃から嫁に行く相談があるんだそうです。馬道《うまみち》の上州屋という質屋の息子がひどく妹の方に惚《ほ》れ込んでしまって、三百両の支度金でぜひ嫁に貰《もら》いたいと、しきりに云い込んで来ているんです。三百両の金もほしいが看板娘を連れて行かれるのも困る。痛《いた》し痒《かゆ》しというわけで、親達もまだ迷っているうちに、婿取りの姉の方がこんなことになってしまったから、妹をよそへやるという訳には行きますめえ。どうなりますかね」

「妹には内証の情夫《おとこ》なんぞ無かったのか」と、半七は又訊いた。

「さあ、そいつは判りませんね。そこまではまだ手が逹《とど》きませんでしたが……」と、源次は頭を搔いた。

「面倒でも、それをもう一度よく突き留めてくれ」

二

源次を帰したあとで、半七は帷子《かたびら》を着かえて家を出た。彼は下谷へゆく途中、明神下の妹の家をたずねた。

「おや、兄さん。相変らずお暑うござんすね」と、お粂《くめ》は愛想よく兄を迎えた。

「おふくろは……」

「御近所のかたと一緒に太郎様へ……」

「むむ、太郎様か。この頃は滅法界にはやり出したもんだ。おれもこのあいだ行って見てびっくりしたよ。まるで御開帳のような騒ぎだ」

「あたしもこのあいだ御参詣に行っておどろきました。神様もはやるとなると大変なもんですね」

「時にこんな物を加賀様のお手古《てこ》の人に貰ったから、おふくろにやってくんねえ」

半七は風呂敷《ふろしき》をあけて落雁《らくがん》の折《おり》を出した。

「ああ、墨形《すみがた》落雁。これは加賀様のお国の名物ですってね。家《うち》でも一度貰ったことがありました。阿母《おっか》さんは歯がいいから、こんな固いものでも平気でかじるんですよ」と、お粂は笑っていた。

彼女は茶を淹《い》れながら、兄に訊いた。

「兄さん。この頃は忙がしいんですか」

「むむ、たいしてむずかしい御用もねえが、広徳寺前にちょっとしたことがあるから、これからそっちへ行って見ようかと思っている」

「広徳寺前……。舐め筆の娘じゃないの」

「おまえ知っているのか」

「あの娘は姉妹とも三味線堀のそばにいる文字春さんという人のところへお稽古《けいこ》に行っていたんです。妹はまだ行っているかも知れません。その姉さんの方が頓死したというんで、あたしもびっくりしました。毒を飲んだというのはほんとうですか」

「そりゃあほんとうだが、自分で飲んだのか、人に飲まされたのか、そこのところがまだはっきりとおれの腑《ふ》に落ちねえ。おまえ、その文字春という師匠を識《し》っているなら、そこへ行って妹のことを少し訊いて来てくれねえか。妹はどんな女だか、なにか情夫《おとこ》でもあるらしい様子はねえか、東山堂の親達はどんな人間か、そんなことを判るだけ調べて来てくれ」

「よござんす。お午《ひる》過ぎに行って訊いて来ましょう」

「如才《じょさい》もあるめえが、半七の妹だ。うまくやってくれ」

「ほほほほほ。あたしは商売違いですもの」

「そこを頼むんだ。うまく行ったら鰻《うなぎ》ぐらい買うよ」

妹に頼んで半七はそこを出ると、どこの店でももう日よけをおろして、残暑の強い朝の日は蕎麦屋《そばや》の店さきに干してあるたくさんの蒸籠《せいろう》をあかあかと照らしていた。

徳法寺をたずねて住職に逢うと、住職はもう七十くらいの品のいい老僧で、半七の質問に対して一々あきらかに答えた。徒弟の善周は船橋在の農家の次男で、九歳《ここのつ》の秋からこの寺へ来て足かけ十二年になるが、年の割には修行が積んでいる。品行もよい。自分もその行く末を楽しみにしていたのに、なんの仔細でこんな不慮の往生を遂げたのか一向判らない。無論に書置もない、毒薬らしい物もあとに残っていない。したがって詮議のしようもないのに当惑していると、老僧は白い眉《まゆ》をひそめて話した。

筆屋の娘との関係については、かれは絶対に否認した。

「なるほど、近所ずからの事でもあれば、筆屋の店に立ち寄ったこともござろう。娘たちと冗談ぐらいは云ったこともござろう。しかし娘といたずら事など、かけても有ろう筈はござらぬ。それは手前が本尊阿弥陀如来《あみだにょらい》の前で誓言《せいごん》立てても苦しゅうござらぬ。たとい何人《なんぴと》がなんと申そうとも、左様の儀は……」

立派に云い切られて、半七も躊躇《ちゅうちょ》した。住職の顔色と口振りとに何の陰影もないらしいことは、多年の経験で彼にもよく判っていた。それと同時に、心中の推定が根本からくつがえされてしまうことを覚悟しなければならなかった。彼は更に第二段の探索に取りかかった。

「いかがでございましょうか。その善周さんという人のお部屋を、ちょっと見せていただく訳にはまいりますまいか」

「はい。どうぞこちらへ」

住職は故障なく承知して、すぐに半七を善周の部屋に案内した。部屋は六畳で、そこには二十二三の若僧と十五六の納所とが経を読んでいたが、半七のはいって来たのを見て、丸い頭を一度に振り向けた。

「ごめん下さい」と、半七は会釈《えしやく》した。ふたりの僧は黙って会釈した。

「善周さんのお机はどれでございます」

「これでございます」と、若僧は部屋の隅にある小さい経机を指さして教えた。机の上には折本の経本が二、三冊積まれて、その側には小さい硯箱《すずりばこ》が置いてあった。

「拝見いたします」

一応ことわって、半七は硯箱の蓋《ふた》をあけると、箱のなかには磨り減らした墨と、二本の筆とが見いだされた。筆は二本ながら水筆《すいひつ》で、その一本はまだ新らしく、白い穂の先に墨のあとが薄黒くにじんでいるだけであった。半七はその新らしい筆をとって眺めた。

「この筆はこの頃お買いなすったんでしょうねえ。御存じありませんか」

それは善周が死んだ前日の夕方に買って来たものらしいと若僧は云った。いつも東山堂で買うのであるから、それも無論に同じ筆屋で買って来たのであろうと彼は又云った。

半七は更にその筆の穂を自分の鼻の先へあてて、そっとかいでみた。

「この筆を暫時《しばらく》拝借して行くわけにはまいりますまいか」

「よろしゅうござる。お持ちください」と、住職は云った。

その筆を懐紙につつんで、半七は部屋を出た。

「善周さんのお葬式《とむらい》はもう済みましたか」と、彼は帰るときに住職に訊いた。

「きのうの午すぎに検視を受けまして、暑気の折柄でござれば夜分に寺内へ埋葬いたしました」

「左様でございますか。いや、これはどうも御邪魔をいたしました」

寺を出ると、半七はすぐに東山堂へ行った。娘の葬式はゆうべの筈であったが、俄かに検視が来たために刻限がおくれて、今朝あらためて、橋場の菩提寺《ぼだいじ》へ送ることになったので、きょうは勿論に商売を休んで、店の戸は半分おろしてあった。戸のあいだから覗《のぞ》いて見ると、小僧の一人がぼんやりと坐っていた。

「おい、おい。小僧さん」

半七は外から声をかけると、小僧は入口へ起《た》って来た。

「皆さんはお送葬《とむらい》からまだ帰りませんかえ」

「まだ帰りません」

「小僧さん。ちょいと表まで顔を貸してくださいな」

小僧は妙な顔をして表へ出て来たが、かれは半七の顔を思い出したらしく、急に形をあらためて行儀よく立った。

「ゆうべは騒がせて気の毒だったな」と、半七は云った。「ところで、お前に少し訊きたいことがあるんだが、一昨日《おととい》か一昨々日《さきおととい》頃、この店へ筆を取り換えに来た人はなかったかえ。この水筆《すいひつ》だ」

ふところから紙につつんだ水筆を出してみせると、小僧はすぐにうなずいた。

「ありました。おとといのお午過ぎに若い娘が取り換えに来ました」

「どこの子だか知らねえか」

「知りません。この筆を買って帰ってから、一晌《いっとき》ほど経《た》って又引っ返して来て、穂の具合が悪いからほかのと取り換えてくれと云って、ほかのと取り換えて貰って行きました」

「ほかには取り換えに来た者はねえか」

「ほかにはありませんでした」

「その娘は幾つぐらいの子で、どんな装《なり》をしていた」

「十七八でしょう。島田髷《まげ》に結って、あかい帯をしめて、白い浴衣《ゆかた》を着ていました」

「どんな顔だ」

「色の白い可愛《かわい》らしい顔をしていました。どこかの娘か小間使でしょう」

「その娘は今まで一度も買いに来たことはねえか」

「さあ、どうも見たことはないようです」

「いや、ありがとう」

小僧に別れて、浅草の方角へ足をむけると、半七は往来で源次に出逢った。

「親分。舐め筆の娘はどっちも堅い方で、これまで浮いた噂はなかったようです」と、源次は摺《す》り寄ってささやいた。

「そうか。時に丁度いいところで逢った。おめえこれから浅草へ行って、庄太にも手を貸してもらって、上州屋にいる奉公人の身許《みもと》をみんな洗って来てくれ。男も女も、みんな調べるんだぜ。いいか」

「判りました」

「じゃあ、おめえに預けて俺は帰るぜ。大丈夫だろうな」

「大丈夫です」

それから二、三軒用達《ようた》しをして、半七は神田の家へ帰った。近所の銭湯で汗を流して来て、これから夕飯を食おうとするところへ、お粂が来た。

「行って来ましたよ」

「やあ、御苦労。そこでどうだ」

「文字春さんのところへ行って訊きましたが、舐め筆の娘には姉妹ともに悪い噂なんぞちっとも無いそうです。親達も悪い人じゃあ無いようです」

それは源次の報告と一致していた。心中の事実は跡方もないに決まってしまった。

三

「でね、兄さん。文字春さんからいろいろの話を聴いているうちに、あたし少し変だと思うことがあるんですよ」と、お粂は団扇《うちわ》を軽く使いながら云った。

「どんなことだ」

「妹のお年ちゃんの方は今でも毎日文字春さんのところへ御稽古に来るんですが、なんでも先月頃から五、六度お年ちゃんが来て稽古をしているのを、窓のそとから首を伸ばして、じっと内を覗いている娘があるんですって」

「十七八の、色白の可愛らしい娘じゃあねえか」と、半七は喙《くち》を容《い》れた。

「よく知っているのね」と、お粂は涼しい眼をみはった。「その娘はいつでもお年ちゃんの湊《さら》っている時に限って、外から覗いているんですって。変じゃありませんか」

「それは何処《どこ》の娘だか判らねえのか」

「そりゃあ判らないんですけれど、ほかの人の時には決して立っていたことが無いんだそうです。なにか訳があるんでしょう」

「むむ。訳があるに違げえねえ。それでおれも大抵判った」と、半七はほほえんだ。

「もう一つ斯《こ》ういうことがあるんです。文字春さんの家の近所に馬道の上州屋の隠居所があるんです。あのお年ちゃんという子は、上州屋から容貌《きりょう》望みで是非お嫁にくれと云い込まれているんだというじゃありませんか。その話はなんでも先月頃から始まったんだということです。ねえ、その先月頃から文字春さんの家のまえに立って、窓からお年ちゃんを覗いている女があるというんですから、その娘はきっと上州屋の隠居所へ来る女で、そっとお年ちゃんを覗いているんだろうと思うんです。文字春さんもそんなことを云っていました。けれども、考えようによっては、それがいろいろに取れますね」

「そこでお前はどう取る」と、半七は笑いながら訊いた。

その娘は上州屋の奉公人で、三味線堀近所の隠居所へときどき使にくるに相違ないとお粂は云った。自分の邪推かは知らないが、ひょっとすると其の娘は上州屋の息子となにか情交《わけ》があって、今度の縁談について一種の嫉妬《ねたみ》の眼を以《もっ》てお年を窺《うかが》っているのではあるまいかと云った。

「なかなか隅へは置けねえぞ」と、半七は又笑った。「どうだい。いっそ常磐津《ときわず》の師匠なんぞを止《や》めて御用聞きにならねえか」

「ほほ、随分なことを云う。なんぼあたしだって、撥《ばち》の代りに十手《じって》を持っちゃあ、あんまり色消しじゃありませんか」

「ははは、堪忍《かんにん》しろ。それからどうだと云うんだ」

「もういやよ。あたしなんにも云いませんよ。ほほほほほほ。あたしもう姉さんの方へ行くわ」

お条は笑いながら女房のいる方へ起ってしまった。冗談半分に聞き流していたものの、妹の鑑定はなかなか深いところまで行き届いていると半七は思った。自分が源次に云いつけて、上州屋の奉公人どもの身許《みもと》をあらわせたのも、つまりはそれと同じ趣意であった。そして文字春の窓をたびたびのぞいていた娘と、東山堂へ筆を取り換えに来た娘と、その年頃から人相まで同一である以上、自分の判断のいよいよ誤らないことが確かめられた。半七は生簀《いけす》の魚を監視しているような心持でその晩を明かした。

あくる朝になって、源次が来た。その報告によると、上州屋の奉公人は番頭小僧をあわせて男十一人、仲働きや飯炊《めした》きをあわせて女四人である。この十五人の身許を洗うにはなかなか骨が折れたが、馬道の庄太の手をかりて、まず一と通りは調べて来たと云った。男どもの方は後廻しにして、半七は先《ま》ず女の方のしらべを訊くと、仲働きはお清、三十八歳。お丸、十七歳。台所の下女はお軽、二十二歳。お鉄、二十歳というのであった。

「このお丸というのはどんな女だ」

「芝口の下駄屋の娘で、兄貴は家の職をしていて、弟は両国の生薬屋《きぐすりや》に奉公しているそうです」と、源次は説明した。

「よし、判った。すぐにその女を引き挙げなければならねえ」

「へえ、そのお丸というのがおかしいんですかえ」

「むむ、お丸の仕業《しわざ》に相違ねえ。弟が薬種屋に奉公しているというなら猶《なお》のことだ。よく考えてみろ。舐め筆の娘の死んだ日にお丸そっくりの女が筆を買いに来て、一晌《とき》ばかり経って又その筆を取り換えに来た。そこが手妻《てづま》だ。取り換えに来たときに、筆の穂へなにか毒薬を塗って来たに相違ねえ。そうして、ほかの筆と取り換えて、その筆を置いて行ったんだ。勿論、なめ筆の評判を知っての上で巧んだことに決まっている。娘はそれを知らねえで、その筆を売る時にいつもの通りに舐めてやった。買った奴は徳法寺の善周という坊主で、これも又その筆を舐めた。毒の廻り方が早かったので、娘はその晩に死んだ。坊主の方はあくる朝になって死んだ。心中でもなんでもねえ。一本の筆が廻り廻って二人の人間の命を取るようになったので、娘は勿論だが、坊主も飛んだ災難で、訳もわからずに死んでしまったんだ。可哀《かわい》そうとも何とも云いようがねえ」

「なるほど、そんな理窟ですかえ」と、源次は溜息《ためいき》をついた。「それにしても何故《なぜ》そのお丸という女が途方もねえことを巧んだのでしょうかね」

「それはまだ確かに判らねえが、おれの鑑定じゃあ多分そのお丸という女は、上州屋の伜《せがれ》と情交《わけ》があって、つまり嫉妬から筆屋の娘を殺そうとしたんだろうと思う。だが、上州屋へ嫁に行くというのは妹の方で、殺されたのは姉の方だ。ここが少し理窟に合わねえように思われるが、お丸という女の料簡《りょうけん》じゃあ、そこまでは深く考えねえで、なんでも売り物の筆に毒を塗っておけば、妹の娘が舐めるものと一途《いちず》に思い込んでいたのかも知れねえ。年の若けえ女なんていうものは案外に無考えだから、おまけにもう眼が眩《くら》んでいるから、それできっと仇《かたき》が打てるものと思っていたんだろう。厄介なことをしやあがった。人間ふたりを殺してどうなると思っているんだか、考えると可哀そうにもなるよ」

半七も溜息をついた。

「そうなると、その生薬屋に奉公している弟というのも調べなければなりませんね」と、源次は云った。

「勿論だ。おれがすぐに行って来る」

支度をして、半七はすぐに両国へゆくと、その薬種屋は広小路に近いところにあって、間口も可なりに広い店であった。店では三人ばかりの奉公人が控えていて、帳場には二十二三の若い男が坐っていた。

「こちらに宗吉という奉公人がいますかえ」と、半七は訊いた。

「はい、居《お》ります。唯今《ただいま》奥の土蔵へ行って居りますから、しばらくお待ちください」と、番頭らしい男が答えた。

店に腰をかけて待っていると、やがて奥から十四五の可愛らしい前髪が出て来た。

「おい、おめえは宗吉というのか。ちょいと番屋まで来てくれ」

「はい」と、宗吉は素直に出て来た。その様子があまり落ち着いているので、半七もすこし案外に思った。

町内の自身番へ連れて行って、半七は宗吉を詮議したが、その返事はいよいよ彼を失望させた。自分の姉は馬道の上州屋に奉公しているが、姉はちっとも自分を可愛がってくれない。したがって今までに姉から何も頼まれたことはない。姉はお洒落《しゃれ》でお転婆《てんば》だから両親にも兄にも憎まれている。上州屋の使で、自分の店へ薬を買いに来ることはあっても、自分は碌《ろく》に口もきかないと、宗吉はしきりに姉の讒訴《ざんそ》をした。その申し立てはいかにも子供らしい正直なものであった。いくら嚇《おど》しても賺《すか》しても宗吉はなんにも知らないと云った。

「嘘《うそ》をつくと、てめえ、獄門になるぞ」

「嘘じゃありません」

宗吉はどうしても知らないと強情を張り通していた。それがまったく嘘でもないらしいので、半七はあきらめて彼をゆるして帰した。それから馬道へ行って上州屋をたずねると、お丸は一と足ちがいで使に出たということであった。

下女を呼び出して、それとなく探ってみると、ここでもお丸の評判はよくなかった。年も若いし、虫も殺さないような可愛らしい顔をしているが、人間はよほどお転婆で身持もよろしくない。現に家《うち》の若旦那《だんな》ともおかしい素振りが見える。それればかりでなく、ほかにも二、三人の情夫《おとこ》があるという噂もきこえている。そんなふしだらな奉公人が暇を出されないというのも、うまく若旦那をまるめ込んでいるからであると、彼女の評判はさんざんであった。勿論それには女同士の嫉妬もまじっているのであろうが、大体に於《お》いて弟の申し立てと符合しているのをみると、お丸という女が顔に似合わないふしだらな人間であるのは疑いのない事実であるらしかった。

半七は下女の口から更にこういう事実を聞き出した。上州屋の女房は両国の薬種屋の媒介《なかだち》でここへ縁付いたもので、その関係上、多年親類同様に附き合っている。馬道からわざわざ薬を買いにゆくのもその為《ため》である。薬種屋には与之助という今年二十二の息子があって、上州屋へも時々遊びに来る。お丸がその与之助に連れられて、両国の観世物などを観《み》に行ったことがあるらしいとの事であった。

毒物の出所もそれで大抵判ったので、半七は又引っ返して両国へゆくと、宗吉は店さきに水を打っていた。息子らしい男のすがたは帳場には見えなかった。

「おい、若旦那はどうした」と、半七は宗吉に訊いた。

「わたしが番屋から帰って来たら、その留守にどこへか行ってしまったんです」と宗吉は云った。

ほかの番頭に訊いても要領を得なかった。若主人の与之助はこのごろ誰にも沙汰《さた》無しに、ふらりと何処へか出てゆくことが度々ある。きょうも宗吉が番屋へ引かれて行った後で、すぐに表へ出て行ったがやがて引っ返して来た。それから又そわそわと身支度をして何処へか出て行ったが、その行くさきは判らないとのことであった。

半七は肚《はら》のなかで舌打ちした。小僧のあげられたのに怖気《おじけ》がついて、与之助はどこへか影を隠したのではあるまいかとも疑われたので、彼は馬道へ又急いで行った。そこに住んでいる子分の庄太を呼んで、上州屋のお丸の出這入《ではい》りをよく見張っていろと云い付けて帰った。

「親分、しようがねえ。お丸の奴はきのう出たぎりで今朝まで帰らねえそうです。両国の薬屋の伜もやっぱり鉄砲玉だそうですよ」

それは明くる朝、庄太から受け取った報告であった。自分らのうしろに暗い影が付きまとっているのを早くも覚《さと》って、男も女も姿を晦《くら》ましたのであろう。もう打ち捨ててはおかれないので、半七は両国へ出張って表向きの詮議をはじめた。与之助の親たちや番頭どもを自身番へ呼び出して、一々きびしく吟味の末に、与之助は家の金五十両を持ち出して行ったことが判った。信州に親類があるので、恐らくそこへ頼って行ったのではあるまいかという見当も付いた。

「足弱《あしよわ》連れだ。途中で追っ付くだろう」

半七は庄太を連れて、その次の日に江戸を発《た》った。

四

八月はじめの涼しい夜であった。

上州は江戸よりも秋風が早く立って、山ふところの妙義《みょうぎ》の町には夜露がしっとりと降《お》りていた。関戸屋という女郎屋のうす暗い四畳半の座敷に、江戸者らしい若い旅びとが、行燈《あんどう》のまえに生《なま》っ白《ちろ》い腕をまくって、おこんという年増《としま》の妓《おんな》に二の腕の血を洗ってもらっていた。

旅人はここらに多い山蛭《やまびる》に吸い付かれたのであった。土地に馴《な》れない旅人はとかくに山蛭の不意撃ちを食って、吸われた疵口の血がなかなか止まらないものである。妙義の妓は啣《ふく》み水でその血を洗うことを知っているので、今夜の客も相方《あいかた》の妓のふくみ水でその疵口を洗わせていた。

「おまえさんの手は白いのね。まるで女のようだよ」と、おこんは男の腕を薄い紙で拭きながら云った。

「怠け者の証拠がすぐにあらわれた」と、男は笑っていた。「今夜はなんだか急に寒くなったようだ」

「そりゃあ此《こ》の通りの山の中ですもの。それにきょうは霧が深かったから、あしたは降るかも知れない」

「山越しに降られちゃあ難儀だ。お天気になるように妙義様へ祈ってくれ」

「いやさ」と、おこんも笑った。「山越しの出来ないように、あしたは抜けるほど降るがいい。妙義の山の女に吸い付かれたら、山蛭よりも怖《おそ》ろしいんだから、そのつもりで腰を据えていることさ。ねえ、そうおしなさいよ」

「いや、そうは行かねえ。少し急ぎの道中だから」

「急ぎの道中なら坂本から碓氷《うすい》へかかるのが順だのに、わざわざ裏道へかかって妙義の山越しをするお客様だもの、一日や二日はどうでもいい」と、おこんは意味ありげに又笑った。

男はもう黙ってしまって、山風にゆれる行燈の火にその蒼白《あおじろ》い顔をそむけながら、冷えた猪口《ちょこ》をちびりちびり飲んでいた。

「なにを考えているの、おまえさん」と、おこんは膝《ひざ》をすり寄せた。「あたしはおまえさんが可愛いから内証で教えてあげる。さっきおまえさんがこの暖簾《のれん》をくぐると、少しあとからはいって来た二人連れがあるのを知っているかえ」

男の顔はいよいよ蒼くなった。

「その二人はどうもお前さんの為にならないお客らしいから、その積りで用心おしなさいよ」

「よく教えてくれた。ありがたい」と、男は拝むようにしてささやいた。「じゃあ、もうここにうかうかしちゃあいられねえ。夜の更《ふ》けないうちにそっと発《た》たしてくれ」

「ああ、よござんす。あたしがほかの座敷へ廻っている間に、この窓からそっとぬけ出して……。今のうちに荷物をよく纏《まと》めてお置きなさいよ」

この相談が廊下に忍んでいた庄太の耳にも洩《も》れたので、彼はすぐに自分の座敷へ引っ返して半七にささやいた。

「女が味方をしているらしいから、油断すると逃がしますぜ」

「それじゃあ俺は外へ出ている。おめえはいい頃に座敷へ踏ん込め」

打ち合わせをして置いて、半七はそっと表へ出ると、眼のさきに支《つか》えている妙義の山は星あかりの下に真っ黒にそそり立って、寝鳥をおどろかす山風がときどきに杉の梢《こずえ》をゆすっていた。大きい杉を小楯《こだて》にして、半七は関戸屋の二階に眼を配っていると、やがて竹窓をめりめりと押し破るような音が低くきこえて、黒い人影が二階の横手にあらわれた。影は板葺《ぶ》きの屋根を這《は》って、軒先に突き出ている大きい百日紅《さるすべり》を足がかりに、するすると滑り落ちて来るらしかった。

「与之助。御用だ」と、半七はその影を捕えようとして駈け寄ると、影はあと戻りをして坂路を一散に駈け降りた。半七はつづいて追って行った。

杉林に囲まれた坂路をころげるように駈けてゆく与之助は、途中から方角をかえて次の坂路を駈け上がろうとするらしかった。半七はふと気がついた。この坂の上には黒門がある。妙義の黒門は上野の輪王寺に次ぐ寺格で、いかなる罪人でもこの黒門の内へかけ込めば法衣《ころも》の袖《そで》に隠されて、外からは迂闊《うかつ》に手がつけられなくなる。それに気がつくと、半七も少し慌《あわ》てた。中仙道をここまで追い込んで来て、ひと足のところで黒門へ駈け込まれてしまっては何にもならない。彼は一生懸命に与之助のあとを追った。

逃げる者も勿論一生懸命である。与之助は暗い坂路を呼吸《いき》もつかずに駈けあがって行った。坂の勾配《こうばい》はなかなか急で、逃げる者も追うものも浸《ひた》るような汗になった。ふたりの距離はわずかに一間《けん》ばかりしか離れていないのであるが、半七の手はどうしても彼の襟首にとどかなかった。そのうちに長い坂ももう半分以上を越えてしまって、法衣の袖を拡《ひろ》げたような黒い門は、星の光りでおぼろげに仰がれた。門のなかには石燈籠《いしどうろう》の灯が微《かす》かに見えた。

半七はもう気が気でなかった。この坂一つを無事に越すか越さぬかは、与之助に取っても一生の運命の岐《わか》れ道であった。黒門の影がだんだんに眼のまえに迫って来るにしたがって、与之助も急いだ。半七もあせった。しかし与之助は運がなかった。かれは黒門から二間ほどの手前で、石につまずいて倒れてしまった。

「あのときには全く汗になりましたよ」と、半七老人は云った。「なにしろ、あの長い坂を夢中で駈け上がったんですもの、その翌朝は足がすくんで困りましたよ。そこで、だんだん調べてみると斯ういう訳なんです。前にも申し上げた通りそのお丸という女は顔に似合わない、質《たち》のよくない女で、つまり今日《こんにち》でいう不良少女のお仲間なんでしょう。自分の奉公している上州屋の息子は勿論、手あたり次第に大勢の男にかかり合いを付けていて、両国の薬種屋の息子とも情交《わけ》があったんです。そのうちに上州屋の息子は東山堂の娘を見そめて、三百両の支度金で嫁に貰おうということになったので、お丸は自分のふしだらを棚にあげて、ひどくそれをくやしがって、とうとう東山堂の娘を毒殺しようとおそろしいことを巧んだのです。その毒薬は薬種屋の息子をだまして手に入れたもので、筆に塗りつけて巧《うま》く娘に舐めさせたんですが、相手が違って姉の方を殺してしまったんです。むやみに毒をつけて置いても、それを姉が舐めるか妹が舐めるか判ったものじゃあないのに、随分無考えなことをしたもんですよ。悪いことをする人間には案外そんなのがたくさんありますがね。このお丸だって、あんまり利巧な奴じゃありませんし

「で、そのお丸はどうしました」と、わたしは訊いた。

「お丸は使いに行くと云って主人の家を出て、与之助のところへ逢いにゆくと、弟が丁度わたくしに引っ張られて番屋へ行ったあとで、与之助もなんだか薄気味が悪いので、店をぬけ出してうろうろしているところへ、お丸がたずねて来たという訳です。お丸も

その話を聴いてさすがに不安心になって来たので、与之助をそそのかして何処へか駈け落ちすることになったのですが、こいつよくよく悪い奴で、なんでも中仙道を行く途中、熊谷の宿屋で男の胴巻をひっさらって姿を隠してしまったんです。捨てられた男は一人ぼっちになって信州へ落ちて行くところを、妙義の町でわたくし共に追い付かれて、もう一と足で黒門へ逃げ込むところを運悪く捕まったのですが、当人ももういけないと覚悟したものか、それとも転ぶはずみに我知らず咬《か》んだのか、私が襟首をつかまえた時には、舌を咬み切って口から真《ま》っ紅《か》な血を吐いていました。もとの女郎屋へ引き摺って来て、いろいろに手当てをしてやりましたが、もうそれぎりで息を引き取ってしまいましたよ。そういう訳ですから、死人に口無しで、お丸がなんと云って与之助から毒薬を受け取ったのか、その辺はよく判りませんでした」

「お丸のゆくえは知れなかったんですか」と、わたしは又訊いた。

「お丸はそれから何処をどうさまよい歩いたのか知りませんが、やっぱり上州の赤城の山のなかに素裸で死んでいたそうです。着物も帯も腰巻も無しで……。誰かに身ぐるみ剝《は》がれて、絞め殺されたんでしょう。死骸《しがい》の二の腕に上州屋の息子の名前が彫ってあったので、お丸だということがようよう判ったのです。上州屋もそれがために飛んだ引合《ひきあい》を付けられて、ずいぶん金をつかったようでした。そんなわけで、舐め筆の娘との縁談も無論お流れになってしまいました。東山堂もそれからけちが付いて、店もだんだんにさびれて来ました。あすこの筆を舐めると死ぬなんて、云い触らす奴があるからたまりませんよ。妹娘はその後に洋妾《らしやめん》になったとかいう噂ですが、ほんとうだかどうだか知りません。舐め筆ではやり出した店が舐め筆でつぶれたのも、なにかの因縁でしょう」

老人の予言通り、帰る頃には雨となった。

勘平の死

一

歴史小説の老大家T先生を赤坂のお宅に訪問して、江戸のむかしのお話をいろいろ伺ったので、わたしは又かの半七老人にも逢《あ》いたくなった。T先生のお宅を出たのは午後三時頃で、赤坂の大通りでは仕事師が家々のまえに門松《かどまつ》を立てていた。砂糖屋の店さきには七、八人の男や女が、狭そうに押し合っていた。年末大売出しの紙ビラや立看板や、紅《あか》い提灯《ちょうちん》やむらさきの旗や、濁《にご》った楽隊の音や、甲《かん》走った蓄音機のひびきや、それらの色彩と音楽とが一つに溶け合って、師走《しわす》の都の巷《ちまた》にあわただしい気分を作っていた。

「もう数《かぞ》え日《び》だ」

こう思うと、わたしのような閑人《ひまじん》が方々のお邪魔をして歩いているのは、あまり心ない仕業《しわざ》であることを考えなければならなかった。私も、もうまっすぐに自分の家《うち》へ帰ろうと思い直した。そうして、電車の停留場の方へぶらぶら歩いてゆくと、往来なかでちょうど半七老人に出逢った。

「どうなすった。この頃しばらく見えませんでしたね」

老人はいつも元気よく笑っていた。

「実はこれから伺おうかと思ったんですが、歳《とし》の暮にお邪魔をしても悪いと思って……」

「なあに、わたくしはどうせ隠居の身分です。盆も暮も正月もあるもんですか。あなたの方さえ御用がなけりゃあ、ちょっと寄っていらっしゃい」

渡りに舟というのは全くこの事であった。わたしは遠慮なしにそのあとについて行くと、老人は先に立って格子《こうし》をあけた。

「老婢《ばあや》。お客様だよ」

私はいつもの六畳に通された。それから又いつもの通りに佳《よ》いお茶が出る。旨《うま》い菓子が出る。忙がしい師走の社会と遠く懸け放れている老人と若い者とは、時計のない国に住んでいるように、日の暮れる頃までのんびりした心持で語りつづけた。

「ちょうど今頃でしたね。京橋の和泉屋で素人《しろうと》芝居のあったのは……」と、老人は思い出したように云った。

「なんです。しろうと芝居がどうしたんです」

「その時に一と騒動持ち上がりましてね。その時には私も少し頭を痛めましたよ。あれは確か安政午年《うま》の十二月、歳の暮にしては暖い晩でした。和泉屋というのは大きな鉄物屋《かなものや》で、店は具足町《ぐそくちょう》にありました。家中《うちじゅう》が芝居気ちがいでしてね、とうとう大変な騒ぎをおっ始めてしまったんです。え、その話をしろと云《い》うんですか。じゃあ、又いつもの手柄話を始めますから、まあ聴いてください」

安政五年の暮は案外にあたたかい日が四、五日つづいた。半七は朝飯を済ませて、それから八丁堀の旦那《だんな》（同心）方のところへ歳暮にでも廻ろうかと思っていると、妹のお粂《くめ》が台所の方から忙がしそうにはいって来た。お粂は母のお民と明神下に世帯を持って、常磐津《ときわず》の師匠をしているのであった。

「姉さん、お早うございます。兄さんはもう起きていて……」

女中と一緒に台所で働いていた女房のお仙はにっこりしながら振り向いた。

「あら、お粂ちゃん、お上がんなさい。大変に早く、どうしたの」

「すこし兄さんに頼みたいことがあって……」と、お粂はうしろをちょっと見返った。

「さあ、おはいんなさいよ」

お粂の蔭《かげ》にはまだ一人の女がしょんぼりと立っていた。女は三十七八の粋な大年増《おおどしま》で、お粂と同じ商売の人であるらしいことはお仙にもすぐに覚《さと》られた。

「あの、お前さん、どうぞこちらへ」

たすきをはずして会釈《えしやく》をすると、女はおずおずはいって来て丁寧に会釈した。

「これはおかみさんでございますか。わたくしは下谷《したや》に居《お》ります文字清と申します者で、こちらの文字房さんには毎度お世話になって居ります」

「いいえ、どう致しまして。お粂こそ年が行きませんから、さぞ御厄介になりましょう」

この間にお粂は奥へはいって又出て来た。文字清という女は彼女に案内されて、神経の尖《とが》ったらしい蒼《あお》ざめた顔を半七のまえに出した。文字清はこめかみに頭痛膏《ずつうこう》を貼《は》って、その眼もすこし血走っていた。

「兄さん。早速ですが、この文字清さんがお前さんに折り入って頼みたいことがあると云うんですがね」

お粂は仔細《しさい》ありそうに、この蒼ざめた女を紹介《ひきあわ》した。

「むむ。そうか」と、半七は女の方に向き直った。「もし、おまえさん。どんな御用だか知りませんが、私に出来そうなことだかどうだか、伺って見ようじゃありませんか」

「だしぬけに伺いましてまことに恐れ入りますが、わたくしもどうしていいか思案に余って居りますもんですから、かねて御懇意にいたして居ります文字房さんにお願い申して、こちらへ押し掛けに伺いましたような訳で……」と、文字清は畳に手を突いた。

「お聞き及びでございましょうが、この十九日の晩に具足町の和泉屋で年忘れの素人芝居がございました」

「そう、そう。飛んだ間違いがあったそうですね」

和泉屋の事件というのは半七も聞いて知っていた。和泉屋の家じゅうが芝居気ちがいで、歳の暮には近所の人たちや出入りの者共をあつめて、歳忘れの素人芝居を催すのが年々の例であった。今年も十九日の夕方から幕をあけた。それはすこぶる大がかりのもので、奥座敷を三間《ま》ほど打ち抜いて、正面には間口《まぐち》三間の舞台をしつらえ、衣裳《いしょう》や小道具のたぐいもなかなか贅沢《ぜいたく》なものを用いていた。役者は店の者や近所の者で、チョボ語りの太夫《たゆう》も下座《げざ》の囃子方《はやしかた》もみな素人の道楽者を狩り集めて来たのであった。

今度の狂言は忠臣蔵の三段目、四段目、五段目、六段目、九段目の五幕《いつまく》で、和泉屋の総領息子の角太郎が早野勘平を勤めることになった。角太郎はことし十九の華奢《きゃしゃ》な男で、ふだんから近所の若い娘たちには役者のようだなどと噂《うわさ》されていた。若旦那の勘平は嵌《はま》り役だと、見物の人たちにも期待された。

舞台では喧嘩場《けんかば》から山崎街道までの三幕をとどこおりなく演じ終って、六段目の幕をあけたのは冬の夜の五ツ（午後八時）過ぎであった。幾分はお追従《ついしょう》もまじっているであろうが、若旦那の勘平をぜひ拝見したいというので、この前の幕があく頃から遅れ馳《ば》せの見物人がだんだんに詰めかけて来た。燭台《しょくだい》や火鉢の置き所もないほどにぎっしり押し詰められた見物席には、女の白粉《おしろい》や油の匂《にお》いが咽《む》せるようによどんでいた。煙草《たばこ》のけむりも渦をまいてみなぎっていた。男や女の笑い声が外まで洩《も》れて、師走の往来の人の足を停めさせるほど華やかにきこえた。

併《しか》しこの歓楽のさざめきは忽《たちま》ち哀愁の涙に変った。角太郎の勘平が腹を切ると生々《なまなま》しい血潮が彼の衣裳を真っ赤に染めた。それは用意の糊紅《のりべに》ではなかった。苦痛の表情が凄《すご》いほどに真に迫っているのを驚嘆していた見物は、かれが台詞《せりふ》を云いきらぬうちに舞台にがっくり倒れたのを見て、更におどろいて騒いだ。勘平の刀は舞台で用いる金貝《かながい》張りと思いのほか、鞘《さや》には本身《ほんみ》の刀がはいっていたので、角太郎の切腹は芝居ではなかった。夢中で力一ぱい突き立てた刀の切っ先は、ほんとうに彼の脇腹《わきばら》を深く貫いたのであった。苦しんでいる役者はすぐに楽屋へ担《かつ》ぎ込まれた。もう芝居どころの沙汰《さた》ではない。驚きと怖《おそ》れとのうちに今夜の年忘れの宴会はくずれてしまった。

角太郎は舞台の顔をそのままで医師の手当てをうけた。蒼白く粧《つく》った顔は更に蒼くなった。おびただしく出血した傷口はすぐに幾針も縫われたが、その経過は思わしくなかった。角太郎はそれから二日二晩苦しみ通して、二十一日の夜なかに悶《もが》き死《じに》のむごたらしい終りを遂げた。その葬《とむらい》式は二十三日の午《ひる》すぎに和泉屋の店を出た。

きょうはその翌日である。

併しこの文字清と和泉屋とのあいだに、どんな関係が結び付けられているのか、それは半七にも想像が付かなかった。

「そのことに就いて、文字清さんが大変に口惜《くや》しがっているんですよ」と、お粂がそばから口を添えた。

文字清の蒼い顔には涙が一ぱいに流れ落ちた。

「親分。どうぞ仇《かたき》を取ってください」

「かたき……。誰の仇を……」

「わたくしの伜《せがれ》の仇を……」

半七は煙《けむ》にまかれて相手の顔をじっと見つめていると、文字清はうるんだ眼を嶮《けわ》しくして彼を睨《にら》むように見あげた。その唇は癇《かん》持ちのように怪しくゆがんで、ぶるぶる顫《ふる》えていた。

「和泉屋の若旦那は、師匠、おまえさんの子かい」と、半七は不思議そうに訊《き》いた。

「はい」

「ふうむ。そりゃあ初めて聞いた。じゃあ、あの若旦那は今のおかみさんの子じゃあないんだね」

「角太郎はわたくしの伜でございます。こう申したばかりではお判《わか》りになりますまいが、今から丁度二十年前のことでございます。わたくしが仲橋の近所でやはり常磐津の師匠をして居りますと、和泉屋の旦那が時々遊びに来まして、自然まあそのお世話になって居りますうちに、わたくしはその翌年に男の子を産みました。それが今度亡《な》くなりました角太郎で……」

「じゃあ、その男の子を和泉屋で引き取ったんだね」

「左様でございます。和泉屋のおかみさんが其《そ》の事を聞きまして、丁度こっちに子供が無いから引き取って自分の子にしたいと……。わたくしも手放すのは忌《いや》でしたけれども、向うへ引き取られれば立派な店の跡取りにもなれる。つまり本人の出世にもなることだと思いまして、産れると間もなく和泉屋の方へ渡してしまいました。で、こういう親があると知れては、世間の手前もあり、当人の為《ため》にもならないというので、わたくしは相当の手当てを貰《もら》いまして、伜とは一生縁切りという約束をいたしました。それから下谷の方へ引っ越しまして、こんにちまで相変らずこの商売をいたして居りますが、やっぱり親子の人情で、一日でも生みの子のことを忘れたことはございません。伜がだんだん大きくなって立派な若旦那になったという噂を聴いて、わたくしも蔭ながら喜んで居りますと、飛んでもない今度の騒ぎで……。わたくしはもう気でも違いそうに……」

文字清は畳に食いつくようにして、声を立てて泣き出した。

二

「へええ。そんな内情《いきさつ》があるんですかい。わたしはちっとも知らなかった」と、半七は喫《の》みかけていた煙管《きせる》をぽんと叩《たた》いた。「それにしても、若旦那の死んだのは不時の災難で、誰を怨《うら》むというわけにも行くめえと思うが……。それとも其処《そこ》にはなにか理窟《りくつ》がありますかえ」

「はい、判って居ります。おかみさんが殺したに相違ございません」

「おかみさんが……。まあ落ち着いて訳を聞かしておくんなせえ。若旦那を殺すほどならば、最初から自分の方へ引き取りもしめえと思うが……」

訊く人の無智《むち》を嘲《あざけ》るように、文字清は涙のあいだに凄い笑顔を見せた。

「角太郎が和泉屋へ貰われてから五年目に、今のおかみさんの腹に女の子が出来ました。お照といって今年十五になります。ねえ、親分。おかみさんの料簡《りょうけん》になったら、角太郎が可愛《かわい》いでしょうか。自分の生みの娘が可愛いでしょうか。角太郎に家督を譲りたいでしょうか。お照に相続させたいでしょうか。ふだんは幾ら好《よ》い顔をしていても、人間の心は鬼です。邪魔になる角太郎をどうして亡き者にしようか位のことは考え付こうじゃありませんか。まして角太郎は旦那の隠し子ですもの、腹の底には女の嫉《ねた》みもきっとまじっていましょう。そんなことをいろいろ考えると、おかみさんが自分でしたか人にやらせたか、楽屋のごたごたしている隙《すき》をみて、本物の刀と掏《す》り替えて置いたに相違ないと、わたくしが疑ぐるのが無理でしょうか。それはわたくしの邪推でしょうか。親分、お前さんは何とお思いです」

和泉屋の息子にこうした秘密のあることは、半七も今まで知らなかった。なるほど文字清のいう通り、角太郎は継子《ままこ》である。しかも主人の隠し子である。たとい表面は美しく自分の家へ引取っても、おかみさんの胸の奥に冷たい凝塊《しこり》の残っていることは否《いな》まれない。まして其の後に自分の実子が出来た以上は、角太郎に身代を渡したくないと思うのも女の情としては無理もない。それが嵩《こう》じて、今度のような非常手段を企《たくら》むということも必ず無いとは受け合えない。半七はこれまで種々の犯罪事件を取り扱っている経験から、人間の恐ろしいということも能《よ》く識《し》っていた。

文字清は無論、和泉屋のおかみさんを我が子のかたきと一途《いちず》に思いつめているらしかった。

「親分、察してください。わたくしは口惜しくって、口惜しくって……。いっそ出刃庖《でばぼう》丁《ちょう》でも持って和泉屋へ暴れ込んで、あん畜生をずたずたに切り殺してやろうかと思っているんですが……」

彼女は次第に神経が昂《たか》ぶって、物狂おしいほどに取りのぼせていた。ここでうっかり嗾《けしか》けるようなことを云ったら、病犬《やまいぬ》のような彼女は誰に啖《くら》い付こうも知れなかった。半七は逆らわずに、黙って煙草《たばこ》をすっていたが、やがてしずかに口をあいた。

「すっかり判りました。ようがす。わたしが出来るだけ調べてあげましょう。如才《じょさい》はあるめえが、当分は誰にも内証にして……」

「いくら自分の子になっているからと云って、角太郎を殺したおかみさんは無事じゃあ済みますまいね。お上《かみ》できっとかたきを取って下さるでしょうね」と、文字清は念を押した。

「そりゃあ知れたことさ。まあ、なんでもいいから私にまかせてお置きなせえ」

文字清をなだめて帰して、半七はすぐに出る支度をした。お条はあとに残って義姉《あね》のお仙と何かしゃべっていた。

「兄さん。御苦労さまね。まったく和泉屋のおかみさんが悪いんでしょうか」と、半七の出る時にお条はうしろからささやくように訊いた。

「そりゃあ判らねえ。なんとか手を着けてみようよ」

半七はまっすぐ京橋へ向った。いくら御用聞きでも、何の手がかりも無しにむやみに和泉屋へ乗り込んで詮議《せんぎ》立てをするわけには行かなかった。彼は鉄物《かなもの》屋の店さきを素通りして、町内の鳶頭《かしら》の家《うち》をたずねた。鳶頭はあいにく留守だというので、彼はその女房とふた言三言挨拶《あいさつ》して別れた。

「これから何処《どこ》へ行ったものだろう」

往来に立って思案しているうちに、半七はうしろから自分を追い掛けて来た人のあるのに気がついた。それは五十以上の町人風の男で、悪い生活の人ではないということは一と目にも知られた。男は半七のそばへ来て丁寧に挨拶した。

「まことに失礼でございますが、お前さんは神田の親分さんじゃあございますまいか。わたくしは芝の露月町《ろうげつちょう》に鉄物渡世をいたして居ります大和屋十右衛門と申す者でございますが、只今《ただいま》あの鳶頭の家へ少し相談があって訪ねてまいりますと、鳶頭は留守で、おかみさんを相手に何かの話をして居ります所へ、お前さんがお出《い》でになりまして……。かみさんに訊くと、あれは神田の親分さんだというので、好い折柄と存じまして、すぐにおあとを追ってまいりましたのですが、いかがでございましょうか。御迷惑でもちょいとそこらまで御一緒においで下さるわけには……」

「ようございます。お伴《とも》いたしましょう」

十右衛門に誘われて、半七は近所の鰻屋《うなぎ》へはいった。小ぢんまりした南向きの二階の縁側にはもう春らしい日影がやわらかに流れ込んで、そこらにならべてある鉢植えの梅のおもしろい枝振りを、あかるい障子へ墨絵のように映していた。あつらえの肴《さかな》の来るあいだに二人は差し向いで猪口《ちょこ》の献酬《やりとり》を始めた。

「親分もお役目柄でもう何もかも御承知でございましょうが、和泉屋の伜も飛んだことになりまして……。実はわたくしは和泉屋の女房の兄でございます。今度のことに就きまして、死んだ者は今さら致し方もございませんが、さて其の後の評判でございますが……。人の口はまことにうるさいもので、妹もたいへん心配して居りますので……」

十右衛門は思い余ったように云った。角太郎の変死については生みの母の文字清ばかりでなく、その秘密を薄々知っている出入りの者のうちには、やはり同じような疑いの眼の光りをおかみさんの上に投げている者もあるらしい。十右衛門はそれを苦に病んで、きょうも町内の鳶頭のところへ相談に行ったのであった。

「どうして本身の刀と掏り替っていたか、内々それを調べて貰いたいと存じまして……。万一つまらない噂などを立てられますと、妹が実に可哀《かわい》そうでございます。兄の口から斯《こ》う申すもいかがでございますが、あれはまったく正直なおとなしい女でございまして、角太郎を生みの子のように大切にして居りましたのに……。それを何か世間にありふれた継母《ままはは》根性のようにでも思われますのは、いかにも心外で……。ともかくも葬式《とむらい》はきのう済みましたから、これから何とか致してその間違いの起った筋道を詮議いたしたいと存じて居るのでございます。その筋道がよく判りませんで、妹が何かの疑いでも受けますようでございますと、妹は気の小さい女ですから、あんまり心配して気違いにでもなり兼ねません。それが不憫《ふびん》でございまして……」と、十右衛門は鼻紙を出して洟《はな》をかんだ。

文字清も気違いになりかかっている。和泉屋のおかみさんも気違いになるかも知れないと云う。文字清の話がほんとうであるか、十右衛門の話がいつわりであるか。さすがの半七にも容易に判断がつかなかった。

「芝居の晩にはおまえさんも無論見物に行っておいでになったんでしょうね」と、半七は猪口をおいて訊いた。

「はい。見物して居りました」

「楽屋には大勢詰めていたんでしょうね」

「なにしろ楽屋が狭うございまして、八畳に十人ばかり、離れの四畳半に二人。役者になる者はそれだけでしたが、ほかに手伝いが大勢で、おまけに衣裳やら鬘《かつら》やらがそこら一ぱいで、足の踏み立てられないような混雑でございました。しかしみんな町人ばかりでございますから、そこに大小などの置いてあろう筈《はず》はないのでございます。最初にめいめいの小道具類を渡されました時に、角太郎も一々調べて見ましたそうですから、その時には決して間違って居りませんので……。いよいよ舞台へ出るという間ぎわに多分取り違ったか、掏り替えられたか。一体誰がそんなことをしたのか、まるで見当が付きませんので困って居ります」

「なるほど」

半七は殆《ほとん》ど猪口をそのままにして腕を拱《く》んでいた。十右衛門も黙って自分の膝《ひざ》の上を眺めていた。一匹の蠅《はえ》が障子の紙を忙がしそうに渡ってゆく跫音《あしおと》が微《かす》かに響いた。

「若旦那は八畳にいたんですか、四畳半の方ですか」

「四畳半の方におりました。庄八、長次郎、和吉という店の者と一緒に居りました。庄八は衣裳の手伝いをして、長次郎は湯や茶の世話をしていたようでした。和吉は役者でございまして、千崎弥五郎を勤めて居りました」

「それから、おかしなことを伺うようですが、若旦那は芝居のほかに何か道楽がありましたかえ」と、半七は訊いた。

碁将棋のたぐいの勝負事は嫌いである、女道楽の噂も聞いたことがないと、十右衛門は答えた。

「お嫁さんの噂もまだ無いんですね」

「それは内々きまって居りますので」と、十右衛門はなんだか迷惑そうに云った。「こうなれば何もかも申し上げますが、実は仲働きのお冬という女に手をつけまして……。尤《もっと》もその女は容貌《きりょう》も好し、気立ても悪くない者ですから、いっそ世間に知られないうちに相当の仮親でもこしらえて、嫁の披露をしてしまった方が好いかも知れないなどと、親達も内々相談して居りましたのですが、思いもつかない斯《こ》んなことになってしまいまして、つまり両方の運が悪いのでございます」

この恋物語に半七は耳をかたむけた。

「そのお冬というのは幾つで、どこの者です」

「年は十七で、品川の者です」

「どうでしょう。そのお冬という女にちょいと逢わして貰うわけには参りますまいか」

「なにしろ年は若うございますし、角太郎が不意にあんなことになりましたので、まるで気抜けがしたようにぼんやりして居りますから、とても取り留めた御挨拶などは出来ますまいが、お望みならいつでもお逢わせ申します」

「なるたけ早いがようございますから、お差し支えがなければ、これからすぐに御案内を願えますまいか」

「承知いたしました」

二人は飯を食ってしまったら、すぐ和泉屋へ出向くことに相談をきめた。十右衛門が待ちかねて手を鳴らした時に、あつらえの鰻をようよう運んで来た。

三

十右衛門は急いで箸《はし》をとったが、半七は碌々《ろくろく》に飯を食わなかった。彼は熱いのをもう一本持って来てくれと女中に頼んだ。

「親分はよっぽど召し上がりますか」と、十右衛門は訊いた。

「いいえ、野暮《やぼ》な人間ですからさっぱり飲《い》けないんです。だが、きょうは少し飲みましょうよ。顔でも紅《あか》くしていねえと景気が付きませんや」と、半七はにやにや笑っていた。

十右衛門は妙な顔をして黙ってしまった。

女中が持って来た一本の徳利を半七は手酌でつづけて飲み干した。南に日をうけた暖い座敷で真昼に酒をのみ過したので、半七の顔も手足も歳の市《まち》で売る飾り海老《えび》のように真っ紅になった。

「どうです。渋っ紙は好い加減に染まりましたか」と、半七は熱い頰を撫《な》でた。

「はい、好い色におなりでございます」と、十右衛門は仕方なしに笑っていた。

そうして、こんなに酔っている男を和泉屋へ案内するのは、なんだか心許《こころもと》ないようにも思ったらしいが、今更ことわるわけにも行かないので、かれは勘定を払って半七を表へ連れ出した。半七の足もとは少し乱れて、向うから鮭《さけ》をさげて来る小僧に危く突き当りそうになった。

「親分。大丈夫ですか」

十右衛門に手を取られて半七はよろけながら歩いた。飛んだ人に飛んだことを相談したと、十右衛門はいよいよ後悔しているらしく見えた。

「旦那。どうぞ裏口からこっそり入れてください」と、半七は云った。

しかし、まさかに裏口へも廻されまいと十右衛門は少し躊躇《ちゅうちょ》していると、半七は店の横手の路地へはいって、ずんずん裏口の方へまわって行った。その足取りはあまり酔っているらしくも見えなかった。十右衛門は追うように其の後について行った。

「すぐにお冬どんに逢わしてください」

裏口からはいった半七は、広い台所を通りぬけて女中部屋を覗《のぞ》いたが、そこには三人の赭《あか》ら顔の女中がかたまっていて、お冬らしい女のすがたは見えなかった。

「お冬はどうした」と、十右衛門は障子を細目にあけると、赭ら顔は一度にこっちを振り向いて、お冬はゆうべから気分が悪いというので、おかみさんの指図で離れ座敷の四畳半に寝かしてあると答えた。その四畳半は十九日の晩、角太郎の楽屋にあてた小座敷であった。

縁伝いで奥へ通ると、狭い中庭には大きな南天が紅い玉を房々と実らせていた。ふたりは障子の前に立って、十右衛門が先《ま》ず声をかけると、障子は内から開かれた。障子をあけたのはお冬の枕辺《まくらべ》に坐《すわ》っていた若い男で、お冬は鬢《びん》も隠れるほどに衾《よぎ》を深くかぶっていた。男は小作りで色のあさ黒い、額の狭い眉《まゆ》の濃い顔であった。

十右衛門に挨拶して、若い男は早々に出て行ってしまった。あれが先刻《さっき》お話し申した千崎弥五郎の和吉ですと、十右衛門が云った。

衾を掻《か》いやって蒲団《ふとん》の上に起き直ったお冬の顔は、半七がけさ逢った文字清の顔よりも更に蒼ざめて窶《やつ》れていた。生きた幽霊のような彼女は、なにを聞いても要領を得るほどの捗々《はかばか》しい返事をしなかった。かれは恐ろしい其の夜の悪夢を呼び起すに堪えないように、唯《ただ》さめざめと泣いているばかりであった。この二、三日の春めいた陽気にだまされて、どこかで籠《かご》の鶯《うぐいす》が啼《な》いているのも却《かえ》って寂しい思いを誘われた。

お冬の胸に燃えていた恋の火は、灰となってもう頽《くず》れてしまったのかも知れない。彼女は過去の楽しい恋の記憶については、何も話そうとしなかった。しかし惨《みじ》めな彼女の現在については、不十分ながらも半七の問いに対してきれぎれに答えた。旦那やおかみさんは自分に同情して、勿体ないほど優しくいたわってくださると彼女は語った。店の人達のうちでは和吉が一番親切で、けさから店の隙《すき》を見てもう二度も見舞に来てくれたと語った。

「じゃあ、今も見舞に来ていたんだね。そうして、どんな話をしていたんだ」と、半七は訊いた。

「あの、若旦那があああなってしまっては、このお店に奉公しているのも辛《つら》いから、わたしはもうお暇を頂こうかと思うと云いましたら、和吉さんはまあそんなことを云わないで、ともかくも来年の出代りまで辛抱するがいいとしきりに止めてくれました」

半七はうなずいた。

「いや、有難う。折角寝ているところを飛んだ邪魔をして済まなかった。まあ、からだを大事にするが好いぜ。それから大和屋の旦那、お店の方へちょいと御案内を願えますまいか」

「はい、はい」

十右衛門は先に立って店へ出て行った。半七はよろけながら付いて行った。さっきの酔いがだんだん発したと見えて、彼の頬はいよいよ熱《ほて》って来た。

「旦那。店の方はこれでみんなお揃《そろ》いなんですか」と半七は帳場から店の先をずらりと見渡した。四十以上の大番頭が帳場に坐って、その傍《そば》に二人の若い番頭が十露盤《そろばん》をはじいていた。ほかにもかの和吉ともう一人の中年の男が見えた。四、五人の小僧が店の先で鉄釘《かなくぎ》の荷を解いていた。

「はい。丁度みんな揃っているようでございます」と、十右衛門は帳場の火鉢のまえに坐った。

半七は店のまん中にどっかりと胡坐《あぐら》をかいて、更に番頭や小僧の顔をじろじろ見まわした。

「ねえ、大和屋の旦那。具足町で名高けえものは、清正公《せいしょうこう》様と和泉屋だという位に、江戸中に知れ渡っている御大家《ごたいけ》だが、失礼ながら随分不取締りだと見えますね。ねえ、そうでしょう。主《しゅう》殺しをするような太てえ奴《やつ》らに、飯を食わして給金をやって、こうして大切に飼って置くんだからね」

店の者はみんな顔をみあわせた。十右衛門も少し慌《あわ》てた。

「もし、親分。まあ、お静かに……。この通り往来に近うございますから」

「誰に聞えたって構うもんか。どうせ引廻しの出る家《うち》だ」と、半七はせせら笑った。「やい、こいつら。よく聞け。てめえたちは揃いも揃って不埒《ふらち》な奴だ。主殺しを朋輩《ほうばい》に持っていながら、知らん顔をして奉公しているという法があると思うか。ええ、嘘をつけ。このなかに主殺しの磔刑《はりつけ》野郎がいるということは、俺がちゃんと知っているんだ。多寡《たか》が守っ子見たような小女一人のいきさつから、大事の主人を殺すというような、そんな心得ちげえの大それた野郎をこれまで飼って置いたのがそもそもの間ちげえで、この主人もよっぽどの明きめくらだ。おれが御歳暮に寒鴉《かんがらす》の五、六羽も絞めて来てやるから、黒焼きにして持薬にのめとそう云ってやれ。もし、大和屋の旦那。おめえさんの眼玉もちっと陰《くも》っているようだ。物置へ行って、灰汁《あく》で二、三度洗って来ちゃあどうだね」

　何をいうにも相手が悪い、しかも酒には酔っている。手の着けようがないので、ただ黙って聴いていると、半七は調子に乗って又呶鳴《どな》った。

「だが、おれに取っちゃあ仕合わせだ。ここで主殺しの科人《とがにん》を引っくくっていけば、八丁堀の旦那方にも好い御歳暮が出来るというもんだ。さあ、こいつ等、いけしゃあしゃあとした面《つら》をしていたって、どの鼠《ねずみ》が白いか黒いか俺がもう睨んでいるんだ。てめえ達の主人のような明きめくらだと思うと、ちっとばかり的《あて》が違うぞ。いつ両腕がうしろへ廻っても、決しておれを怨《うら》むな。飛んだ梅川の浄瑠璃《じょうるり》で、縄かける人が怨めしいなんぞと詰まらねえ愚痴をいうな。嘘や冗談じゃねえ、神妙に覚悟していろ」

十右衛門は堪《た》まらなくなって、半七の傍へおずおず寄って来た。

「もし、親分。おまえさん大分酔っていなさるようだから、まあ奥へ行ってちっとお休みなすってはどうでございます。店先であんまり大きな声をして下さると、世間へ対して、まことに迷惑いたしますから。おい、和吉。親分を奥へ御案内申して……」

「はい」と、和吉はふるえながら半七の手を取ろうとすると、彼は横《よこ》っ面《つら》をゆがむほどに撲《なぐ》られた。

「ええ、うるせえ。何をしやがるんだ。てめえ達のような磔刑野郎のお世話になるんじゃねえ。やい、やい、なんで他《ひと》の面を睨みやがるんだ。てめえ達は主殺しだから磔刑野郎だと云ったがどうした。てめえ達も知っているだろう。磔刑になる奴は裸馬に乗せられて、江戸じゅうを引き廻しになるんだ。それから鈴ケ森か小塚ッ原で高い木の上へ縛り付けられると、突手《つきて》が両方から槍《やり》をしごいて、科人《とがにん》の眼のさきへ突き付けて、ありゃありゃと声をかける。それを見せ槍というんだ、よく覚えておけ。見せ槍が済むと、今度はほんとうに右と左の腋《わき》の下を何遍もずぶりずぶり突くんだ」

この恐ろしい刑罰の説明を聴くに堪えないように、十右衛門は顔をしかめた。和吉も真っ蒼になった。ほかの者もみな息を嚥《の》んで、云い知れぬ恐怖に身をすくめていた。どの人も、死の宣告を受けたように、眼《ま》たたきもしないで少時《しばし》は沈黙をつづけていた。

冬の空は青々と晴れて、表の往来には明るい日のひかりが満ちていた。

四

半七はとうとうそこに酔い倒れてしまった。店の真ん中に寝そべっていられては甚だ迷惑だとは思ったが、誰も迂闊《うかつ》にさわることは出来なかった。

「まあ、仕方がない。ちっとの間、そうして置くが好い」

十右衛門は奥へはいって、主人夫婦と何か話していた。店のものは思い思いに自分の受け持ちの用向きに取りかかった。やがて小半時《こはんとき》も経《た》ったかと思うと、今まで眠っているように見せかけていた半七は、俄《にわ》かに起き上がった。

「ああ、酔った。台所へ行って水でも飲んで来よう。なに、おかまいなさるな。わっしが自分で行きます」

半七は台所へ行かずにまっすぐに奥へまわった。中庭の縁からひらりと飛び降りて、大きい南天の葉の蔭に蛙《かえる》のように腹這《はらば》って隠れていた。それから少し間を置いて、和吉の姿がおなじくこの縁先にあらわれた。彼は抜き足をしながら四畳半の障子の前に忍び寄って、内の様子を窺《うかが》っているらしかった。やがて彼がそっと障子をあけた時、南天の蔭から半七が顔を出した。

障子の内では男のうるんだ声がきこえた。その声があまりに低いので、半七にはよく聴き取れなかった。しまいには焦《じ》れったくなったので、彼はそろそろと隠れ場所から抜け出して、泥坊猫のように縁に這い上がった。

和吉の声はやはり低かった。しかも涙にふるえているらしかった。

「ねえ。今も云う通りのわけで、わたしは若旦那を殺した。それもみんなお前が恋しいからだ。わたしは一度も口に出したことはなかったが、とうからお前に惚《ほ》れていたんだ。どうしてもお前と夫婦になりたいと思い詰めていたんだ。そのうちにお前は若旦那と……。そうして、近いうちに表向き嫁になると……。わたしの心持はどんなだったろう。お冬どん、察しておくれ。それでも私はおまえを憎いとは思わない。今でも憎いとは思っていない。唯むやみに若旦那が憎くってならなかった。いくら御主人でももう堪忍《かんにん》ができないような気になって、わたしは気が狂ったのかも知れない……今度の年忘れの芝居をちょうど幸いに、日蔭町から出来合いの刀を買って来て、幕のあく間ぎわにそっと掏り替えておくと、それが巧《うま》く行って……。それでも若旦那が血だらけになって楽屋へかつぎ込まれた時には、わたしも総身に冷水《みず》を浴びせられたように悚然《ぞっ》とした。それから若旦那がいよいよ息を引き取るまで二日二晩の間、わたしはどんなに怖い思いをしたろう。若旦那の枕もとへ行くたびに、わたしはいつもぶるぶる震えていた。それでも若旦那がいなくなれば、遅かれ速かれおまえは私の物になると……。それを思うと、嬉《うれ》しいが半分、苦しいが半分で、きょうまで斯《こ》うして生きて来たが……。ああ、もういけない。あの岡っ引はさすがに商売で、とうとう私に眼をつけてしまったらしい」

　彼が死んだような顔をして身をおののかしているのが、障子の外からも想像された。和吉は鼻をつまらせながら又語りつづけた。

「岡っ引は店へ来て、酔っ払っている振りをして、主殺しがこの店にいると呶鳴った。そうして、当てつけらしく磔《はりつけ》刑の講釈までして聴かせるので、私はもうそこに居たたまれなくなった位だ。そういう訳だから私はもう覚悟を決めてしまった。ここの店から縄付きになって出て、牢《ろう》へ入れられて、引き廻しになって、それから磔刑になる。そんな恐ろしい目に逢わないうちに……わたしは一と思いに死んでしまうつもりだ。くどくも云う通り、わたしは決してお前を怨んじゃあいない。けれどもお前という者のために、わたしが斯うなったと思ったら……勿論お前から云ったら、若旦那を殺した仇だとも思うだろうけれど、わたしの心持も少しは察して、どうぞ可哀そうだと思っておくれ。若旦那を殺したのはわたしが悪い。私があやまる。その代りに私が死んだあとでは、せめて御線香の一本も供えておくれ。それが一生のお願いだ。ここに給金の溜《た》めたのが二両一分ある。これはみんなお前にあずけて行くから」

　声はいよいよ陰って低くなったので、それから後はよく判らなかったが、お冬のすすり泣きをする声もおりおりに聞えた。石町《こくちょう》の八ツ（午後二時）の鐘が響いた。それに驚かされたように、障子の内では人の起《た》ちあがる気配がしたので、半七は再び南天の繁《しげ》みに隠れると、縁をふむ足音が力なくきこえて、和吉は縁づたいにしょんぼりと影のように出て行った。泥足をはたいて半七は縁に上がった。

それから再び店へ行ってみると、和吉の姿はここに見えなかった。帳場の番頭を相手にしばらく世間話をしていたが、和吉はやはり出て来なかった。

「時に和吉さんという番頭はさっきから見えませんね」と、半七は空とぼけて訊いた。

「さあ、どこへ行きましたかしら」と、大番頭も首をかしげていた。「使に出たはずもないんですが……。なんぞ御用ですか」

「いいえ、なに。だが、外へでも出た様子だかどうだか、ちょいと見て来てくれませんか」

小僧は奥へはいったが、やがて又出て来て、和吉は奥にも台所にも見えないと云った。

「それから大和屋の旦那はまだおいでですか」と、半七はまた訊いた。

「へえ。大和屋の旦那はまだ奥にお話をしていらっしゃいますようで……」

「わたしがちょっとお目にかかりたいと、そう云ってくれませんか」

襖《ふすま》を閉め切った奥の居間には、主人夫婦と十右衛門とが長火鉢を取り巻いて、昼でも薄暗い空気のなかに何かひそひそ相談をしていた。おかみさんは四十前後の人品の好い女で、眉のあとの薄いひたいを陰らせていた。半七はその席へ案内された。

「もし、旦那。若旦那のかたきは知れました」と、半七は小声で云った。

「え」と、こっちへ向いた三人の眼は一度に輝いた。

「お店の人間ですよ」

「店の者……」と、十右衛門は一と膝乗り出して来た。「じゃあ、さっきお前さんがあんなことを云ったのはほんとうなんですか」

「酔った振りしてさんざん失礼なことを申し上げましたが、科人《とがにん》はお店の和吉ですよ」

「和吉が……」

三人は半信半疑の眼を見あわせているところへ、女中の一人があわただしく転《ころ》げ込んで来た。何かの用があって裏の物置へはいると、そこに和吉が首を縊《くく》って死んでいたというのであった。

「首を縊るか、川へはいるか、いずれそんなことだろうと思っていました」と、半七は溜息をついた。「さっき大和屋の旦那からいろいろのお話を伺っているうちに、若旦那とお冬どんのことが耳に止まりました。それから芝居のときに若旦那と同じ部屋にいたという和吉のことが気になりました。若旦那とお冬どんと和吉と、この三人を結びつけると、どうしても何か色恋のもつれがあるらしく思われましたから、まずお冬どんに逢ってそれとなく訊いて見ますと、和吉が親切にたびたび見舞に来てくれるという。いよいよおかしいと思いましたから、店へ行ってわざと聞けがしに吸鳴りました。大和屋の旦那はさぞ乱暴なやつだとも思召《おぼしめ》したでしょうが、正直のところ、わたくしは店のためを思いましたので……。私が彼奴を縛って行くのは雑作《ぞうさ》もありませんが、あいつが入牢《じゅろう》して吟味をうける。兇状《きょうじょう》が決まって江戸じゅうを引き廻しになる。吟味中もいろいろの引き合いでこちらが御迷惑をなさるでしょうし、第一ここのお店から引き廻しの科人が出たと云われちゃあ、お店の暖簾《のれん》に疵《きず》が付きましょうし、自然これからの御商売にも障《さわ》るだろうからと存じましたから、どうかして彼奴を縄付きにしたくない。あいつとても引き廻しや磔刑《はりつけ》になるよりも、いっそ一と思いに自滅した方がましだろうと思いましたので、わざとああ云って嚇《おど》かしてやったんです。もう一つには、わたくしも確かに彼奴と見極めるほどの立派な証拠を握ってはいないんですから、まあ手探りながら無暗《むやみ》にあんなことを云って見たんで……。もし、まったく本人に何の覚えもないことならば、ほかの人達と同じように唯聞き流してしまうでしょうし、もし覚えのあることならば、とてもじっとしてはいられまいと、こう思ったのが巧く図にあたって、あいつもとうとう覚悟を決めたんです。詳しいことはお冬どんからお聴きください」

三人は唾《つば》を嚥《の》んで聴いていた。

「平七さん。いや、恐れ入りました」と、十右衛門は先ず口を切った。「科人を縛るのがお前さんのお役でありながら、自分の手柄を捨ててこの家の暖簾に疵を付けまいとして下すった。そのお礼はなんと申していいか、それに甘えてもう一つのお願いは、どうかこれを表向きにしないで、和吉は飽くまでも乱心ということにして……」

「よろしゅうございます。親御さんや御親類の身になったら、逆磔《さか》刑にしても飽き足らねえと思召すでもございましょうが、どんなむごい仕置きをしたからと云って、死んだ若旦那が返るという訳でもございませんから、これも何かの因縁《いんねん》と思召して、和吉の後始末はまあ好いようにしてやって下さいまし」

「重ね重ねありがとうございます」

「だが、旦那、このことは無論内分にいたしますが、江戸中にたった一人、正直に云って聞かせなけりゃあならない者がございますから、それだけは最初からお断わり申して置きます」と、半七は男らしく云った。

「江戸じゅうに一人」と、十右衛門は不思議そうな顔をした。

「この席じゃあちっと申しにくいことですが、下谷にいる文字清という常磐津の師匠です」

和泉屋の夫婦は顔をみあわせた。

「あの女も今度のことについては、いろいろ勘違いをしているようですから、得心《とくしん》の行くように私からよく云って聞かせなけりゃあなりません」と、半七は云った。「それから余計なお世話ですが、若旦那のお達者でいるあいだは又いろいろ御都合もございましたろうが、もう断《こ》うなりました上は、あの女にもお出入りを許してやって、ちっとは御面倒を見てやって下さいまし。あの年になっても亭主を持たず、だんだん年は老《と》る、頼りのない女は可哀そうですからねえ」

半七にしみじみ云われて、おかみさんは泣き出した。

「まったくわたしが行き届きませんでした。あしたにも早速たずねて行って、これからは姉妹《きょうだい》同様に附き合います」

「すっかり暗くなりました」

半七老人は起って頭の上の電燈をひねった。

「お冬はその後も和泉屋に奉公していまして、それから大和屋の媒妁《なこうど》で、和泉屋の娘分ということにして浅草の方へ縁付かせました。文字清も和泉屋へ出入りをするようになって、二、三年の後に師匠をやめて、やはり大和屋の世話で芝の方へ縁付きました。大和屋の主人は親切な世話好きの人でした。和泉屋は妹娘のお照に婿《むこ》を取りましたが、この婿がなかなか働き者で、江戸が東京になると同時に、すばやく商売替えをして、時計屋になりまして、今でも山の手で立派に営業しています。むかしの縁で、わたくしも時々遊びに行きますよ。

八笑人《はっしょうじん》でもお馴染《なじ》みの通り、江戸時代には素人のお座敷狂言や茶番がはやりまして、それには忠臣蔵の五段目六段目がよく出たものでした。衣裳や道具がむずかしくない故《せい》もありましたろう。わたくしもよんどころない義理合いで、幾度も見せられたこともありましたが、この和泉屋の一件があってから、不思議に六段目が出なくなりました。やっぱり何だか心持がよくないと見えるんですね」

槍突き

一

明治廿五年《にじゅうご》の春ごろの新聞をみたことのある人たちは記憶しているであろう。麴町《こうじまち》の番町《ばんちょう》をはじめ、本郷、小石川、牛込などの山の手辺で、夜中に通行の女の顔を切るのが流行《はや》った。若い婦人が鼻をそがれたり、頰を切られたりするのである。幸いにふた月三月でやんだが、その犯人は遂《つい》に捕われずに終った。

その当時のことである。わたしが半七老人をたずねると、老人も新聞の記事でこの残忍な犯罪事件を知っていた。

「犯人はまだ判《わか》りませんかね」と、老人は顔をしかめながら云《い》った。

「警察でも随分骨を折っているようですが、なんにも手がかりが無いようです」と、わたしは答えた。「一種の色情狂だろうという説もありますが、なにしろ気ちがいでしょうね」

「まあ、気ちがいでしょうね。昔から髪切り顔切り帯切り、そんなたぐいはいろいろありました。そのなかでも名高いのは槍《やり》突きでしたよ」

「槍突き……。槍で人を突くんですか」

「そうです。むやみに突き殺すんです。御承知はありませんか」

「知りません」

「尤《もっと》もこれはわたくしが自分で手がけた事件じゃあありません。人から又聞きなんですから、いくらか間違いがあるかも知れませんが、まあ大体はこういう筋なんです」と、老人はしずかに語り出した。「文化三、丙寅《ひのえとら》年の正月の末頃から江戸では槍突きという悪いことが流行りました。くらやみから槍を持った奴《やつ》が不意に飛び出して来て、往来の人間をむやみに突くんです。突かれたものこそ実に災難で、即死するものも随分ありました。その下手人《げしゅにん》は判らずじまいで、いつか沙汰《さた》やみになってしまいましたが、文政八年の夏から秋へかけて再びそれが流行り出して、初代の清元延寿太夫《えんじゅだゆう》も堀江町《ほりえちょう》の和国橋の際《きわ》で、駕籠《かご》の外から突かれて死にました。富本をぬけて一派を樹《た》てたくらいの人ですから、誰かの妬《ねた》みだろうという噂《うわさ》もありましたが、実はなんにも仔細《しさい》はないので、やはりその槍突きに殺《や》られてしまったんです。山の手には武家屋敷が多いせいか、そんな噂はあまりきこえませんで、主《おも》に下町《したまち》をあらして歩いたんですが、なにしろ物騒ですから暗い晩などに外をあるくのは兢々《びくびく》もので、何時《いつ》だしぬけに土手っ腹を抉《えぐ》られるか判らないというわけです。文化のころの落首《らくしゅ》にも『春の夜の闇《やみ》はあぶなし槍梅の、わきこそ見えね人は突かるる』とか、又は『月よしと云えど月には突かぬなり、やみとは云えどやまぬ槍沙汰』などというのがありました。今度はもう落首どころじゃありません。うっかりすると落命に及ぶのですから、この前に懲《こ》りてみな縮み上がってしまいました。そういう始末ですから、上《かみ》でも無論に打っちゃっては置かれません。厳重にその槍突きの詮議《せんぎ》にかかりましたが、それが容易に知れないで、夏から秋まで続いたのだから堪《た》まりません。八丁堀同心の大淵吉十郎という人は、もし今年中にこの槍突きが召捕れなければ切腹するとか云って口惜《くや》しがったそうです。旦那《だんな》方がその覚悟ですから、岡っ引もみんな血眼《ちまなこ》です。ほかの御用を打っちゃって置いても、この槍突きを挙げなければならないというので、詮議に詮議を尽していましたが、そのなかに葺屋町《ふきやちょう》の七兵衛、後に辻占《つじうら》の七兵衛といわれた岡っ引がいました。もうその頃五十八だとかいうんですが、からだの達者な眼のきいた男だったそうです。これからお話し申すのは、その七兵衛の探偵談で……」

盛夏《まなつ》のあいだは一時中絶したらしい槍突きが、涼風《すずかぜ》の立つ頃から又そろそろと始まって来て、九月の末頃には三日に一人ぐらいずつの被害者を出すようになったので、下町の人達はまたおびやかされた。よんどころなしに夜あるきする者も三人か五人が一と組になって出ることにして、ひとり歩きは一切見合わせるようになった。しかしいつの場合でも、被害者の所持品を取ったという噂はなく、単に突いて逃げるばかりで、つまり一種の辻斬《つじぎ》りのたぐいである。なまじいに人の物に眼をかけないだけに、その手がかりを見つけ出すのが困難で、所詮はその場で召捕るよりほかには、下手人《げしゅにん》を見いだす方法がなかった。

文化の時と文政のときと、それが同じ下手人であるかどうかは判らなかった。それが一人であるか、五人六人が党を組んでいるのか、あるいはその噂を聞き伝えて面白半分に真似《まね》るものが幾人も出来たのか、そんなことも一切判らなかった。一体なんの為《ため》にそんな残酷なことをするのか、それも確かな判断が付かなかった。やはり在来の辻斬りと同じように持ち槍の穂の冴《さ》えをためすのと、自分の腕の働きを試すのと、この二つであろうとは誰でも思い付くことであるので、江戸じゅうの槍術指南者《そうじゅつしなんしゃ》やその門人たちが真っ先に眼をつけられたが、その方面では取り留めた手がかりもなかった。さりとて、それが普通の物取りでないことは判っているので、どうも其《そ》の理由を発見するのに苦しめられた。なにかの心願があって、千人の人間を突くのだという説もあった。又は戌年《いぬどし》の人に限って突くのだという説もあったが、かの延寿太夫は酉年《とりどし》の生まれで戌年ではなかった。なんにしても自由自在に槍を使う以上、それが町人や百姓とも思われないので、武家や浪人どもが注意の眼を逃がれることは出来なかった。七兵衛もやはりそう見ている一人であった。

十月六日の朝は陰《くも》っていた。もう女房のない七兵衛は雇い婆《ばば》のお兼に云った。

「老婢《ばあや》、どうだい、天気がおかしくなったたな」

「なんだか時雨《しぐ》れそうでございます」と、お兼は縁側をふきながら薄暗い初冬の空をみあげた。「今晩からお十夜《じゅうや》でございますね」

「そうだ、お十夜だ。十手《じって》とお縄をあずかっている商売でも、年をとると後生気《ごしょうぎ》が出る。お宗旨じゃあねえが、今夜は浅草へでも御参詣《さんけい》に行こうかな」

「それが宜《よろ》しゅうございます。御法要や御説法があるそうでございますから」

「老婢と話が合うようになっちゃあ、おれももうお仕舞いだな。はははははは」

元気よく笑っているところへ、子分のひとりが七兵衛の居間へ顔を出した。

「親分、禿岩《はげいわ》がまいりました。すぐに通してやりますか」

「むむ。なにか用があるのかしら。まあ、通せ」

小鬢《こびん》に禿のある岩蔵という手先が鼻の先を赤くしてはいって来た。

「お早うございます。なんだか急に冬らしくなりましたね」

「もうお十夜だ。冬らしくなる筈《はず》だ。寝坊の男が朝っぱらからどうしたんだ」

「早速ですが、例の槍突き……。あれで妙なことを聞き込んだので、ともかくもお前さんの耳に入れて置こうと思ってね」と、岩蔵は長火鉢の前に窮屈そうにかしこまった。「ゆうべの五ツ（午後八時）少し過ぎに蔵前《くらまえ》でまた殺《や》られた」

「むむ」と、七兵衛も顔をしかめた。「仕様がねえな。殺られたのは男か女か」

「それがおかしい。もし、親分。浅草の勘次と富松という駕籠屋が空《から》駕籠をかついで柳原の堤《どて》を通ると、河岸の柳のかげから十七八の小綺麗《こぎれい》な娘が出て来て、雷門までのせて行けと云う。こっちも戻りだからすぐに値ができて、その娘を乗せて蔵前の方へいそいで行くと、御厩河岸《おんまやがし》の渡し場の方から……。まあ、そうだろうと思うんだが、ばたばたと早足に駆け出して来た奴《やつ》があって、暗やみからだしぬけに駕籠の垂簾《たれ》へ突っ込んだ。駕籠屋二人はびっくりして駕籠を投げ出してわあっと逃げ出した。が、そのままにもして置かれねえので、半町ほども逃げてから、また立ち停まって、もとのところへ怖々《こわごわ》帰って来てみると、駕籠はそのまま往来のまん中に置いてあるので、試しにそっと声をかけると、中じゃあなんにも返事をしねえ。いよいよやられたに相違ねえと、駕籠屋は気味わるそうに垂簾をあげて見ると、中には人間の姿が見えねえ。ねえ、おかしいじゃありませんか。それから提灯《ちょうちん》の火でよく見ると大きい黒猫が一匹……。胴っ腹を突きぬかれて死んでいるので……」

「黒猫が……。槍に突かれていたのか」

「そうですよ」と、岩蔵も顔をしかめながらうなずいた。「何のわけだか、ちっともわからねえ。娘はどこへか消えてしまって、大きい黒猫が身がわりに死んでいるんです。どう考えても変じゃありませんか」

「すこし変だな。どうして猫と娘とが入れ換わったろう」

「そこが詮議物ですよ。駕籠屋の云うには、どうもその娘は真人間《まにんげん》じゃあねえ、ひょっとすると猫が化けたんじゃねえかと……。成程このごろは物騒だというのに、夜鷹《よたか》じゃあるめえし、若い娘が五ツ過ぎに柳原の堤をうろうろしているというのがおかしい。化け猫が娘の姿をして駕籠屋を一杯食わそうとしたところを、不意に槍突きを食ったもんだから、てめえが正体をあらわしてしまったのかも知れませんね」

「そうよなあ」と、七兵衛は苦笑《にがわら》いした。「まあ、そうでも云わなければ理窟《りくつ》が合わねえが、なにしろ変な話だな。で、その娘は美《い》い女だと云ったな。面《つら》をむき出しにしていたのか」

「いいえ、頭巾《ずきん》をかぶっていたそうです」

「そうか。そうして、その娘は駕籠に乗り馴《な》れているらしかったか」

「さあ、そこまでは聞きませんでした。なにしろ真人間じゃあねえらしいから。そこはなんとか巧《うま》く誤魔化していたでしょうよ」

「もう一遍きくが、その娘は十七八だと云ったな」

「そうです。そういう話です」

「いや、御苦労。おれもまあ考えてみようよ」

岩蔵は親分の前を退《さ》がって、ほかの子分どもの集まっている部屋へ行った。そうして大きな声で、水茶屋の娘の噂か何かをしているのを聴きながら、七兵衛は長火鉢の前でじっと考えていたが、やがて喫《す》いかけている煙管《きせる》をぽんとはたいて、ひとり言のように云った。

「わるい悪戯《いたずら》をしやあがる」

日がくれてから七兵衛は葺屋町の家を出て、浅草の念仏堂の十夜講に行った。その途中で、念のために、柳原の堤を一と廻りして見ると、槍突きの噂におびえているせいか、長い堤には宵から往来の足音も絶えて、提灯の火一つもみえなかった。昼から陰っていた大空は高い銀杏《いちょう》のこずえに真っ黒に圧《お》しかかって、稲荷《いなり》の祠《ほこら》の灯が眠ったように薄黄色く光っているのも寂しかった。かた手に数珠《じゅず》をかけている七兵衛は小田原提灯を双子《ふたこ》の羽織の下にかくして、神田川に沿うて堤の縁《ふち》をたどってゆくと、枯れ柳の痩《や》せた蔭《かげ》から一人の女が幽霊のようにふらりと出て来た。

七兵衛は暗いなかでじっと透かしてみると、女の方でもこっちを窺《うかが》っているらしく、やがて摺《す》り抜けて両国の方へ行こうとするのを、七兵衛はうしろから呼び戻した。

「もし、もし、姐《ねえ》さん」

女はだまって立ち停まったが、又そのままに行き過ぎようとするのを、七兵衛は足早にそのあとを追って行った。

「おい、姐さん。このごろは物騒だ。私がそこまで送って上げようじゃねえか」

こう云いながら、かれは隠していた提灯をその眼先へ突き付けようとすると、提灯はたちまち叩《たた》き落された。こっちは内々覚悟していたので、すぐその手首を捕えようとすると、両手はしびれるほどに強く打たれて、数珠の緒は切れて飛んでしまった。さすがの七兵衛もはっと立ちひるむひまに、女のすがたは早くも闇《やみ》の奥にかくれて、かれの眼のとどく所にはもう迷っていなかった。

二

追ってもとても追い付きそうもないのと、また執念ぶかく追いまわす必要もないのとで、七兵衛は先《ま》ず足もとに叩き落された提灯を拾おうとして、身をかがめながら暗い地面を探っている時、どこから現われたのか、一つの黒い影がつかつかと走って来て、声もかけないで彼の屈《かが》んでいる左の脇腹《わきばら》を突こうとした。その足音に早くも気のついた七兵衛は、小膝《こひざ》をついて危く身をかわしたので、槍の穂先はがちりと土を縫った。その柄《え》をつかんで起き直ろうとすると、相手はすぐに穂をぬいて、稲妻のような速さで二の槍
「あれが化け猫か」

をついて来た。これも危く飛びこえて、七兵衛はようようまっすぐに起きあがると、槍はつづいて彼の腹か股《また》のあたりへ突きおろして来たが、どれも幸いに空《くう》をながれて彼の身には立たなかった。

「御用だ」

もう堪まらなくなって声をかけると、相手はすぐに槍を引いて、暗いなかを一散に逃げてしまった。猫の眼をもたない七兵衛は、彼の姿をなんにも認めなかったのを残念に思ったが、自分に怪我《けが》のなかったのをせめてもの幸いにして、落ちた提灯をようように探しあてた。商売柄で夜は身を放さない燧袋《ひうち》から燧石を出して、折れた蠟燭《ろうそく》に火をつけてそこらを照らしてみたが、なにかの手がかりになりそうなものは見付からなかった。

さっきの怪しい女と、今の槍の主《ぬし》と、それとこれとを結びつけて考えながら、七兵衛はそれから浅草へ行った。物騒な噂が後生《ごしょう》ねがいの人々をもおびやかしたとみえて、十夜詣《まい》りも毎年ほどは賑《にぎ》わっていなかった。切れた数珠を袂《たもと》にした七兵衛も、今夜はおちつかない心持で御説法を聴いて帰った。帰り途には何事もなかった。

臆病《おくびょう》な駕籠屋の口から洩《も》れたのであろう。この頃は市内に化け猫があらわれるという噂が立った。槍突きの噂が静まらないうちに、更に化け猫の噂が加わったのであるから、女子供などはいよいよおびえた。それが八丁堀同心の耳にもはいって、更に町奉行所へもきこえて、奇怪の風説を取り締るようにという注意もあったが、その風説は尾鰭《おひれ》をそえて、それからそれへとますます拡《ひろ》がった。もう打っちゃっても置かれないので、七兵衛は自分で浅草へ出張って、馬道《うまみち》の裏長屋に住んでいる駕籠屋の勘次をたずねた。

「辻《つじ》駕籠屋の勘次さんというのは、この御近所ですかえ」と、七兵衛は路地の入口の荒物屋で訊《き》いた。

「勘次さんはこの裏の三軒目ですよ」と、店で姫糊《ひめのり》を煮ている婆さんが教えた。

「勘次さんは毎日商売に出ていますかえ」

「なんだか知りませんけれども、この十日《とおか》ばかりはちっとも商売に出ないで、おかみさんと毎日喧嘩《けんか》ばかりしているようです」

「じゃあ、けさも家《うち》にいますね」

「いるでしょうよ。さっきから大きな声をしていましたから」と、婆さんは苦々《にがにが》しそうに云った。

「いや、ありがとう」

あぶない溝板《どぶ》を渡りながら路地の奥へはいってゆくと、甲走《かんばし》った女の声がきこえた。

「へん、意気地もないくせに威張ったことをお云いでないよ。槍突きぐらいが怖くって、夜のかせぎが出来ると思うのかえ。おまえが盆槍《ぼんやり》で、向うが槍突きなら相子《あいこ》じゃないか。槍突きが出て来たら丁度いいから、富さんと二人でそいつを取っ捉《つか》まえて御褒美《ごほうび》でもお貰《もら》いな、嬶《かかあ》を相手に蔭弁慶をきめているばかりが能《のう》じゃないよ。しっかりおしな」

このあいだの晩、槍突きに出逢《であ》って以来、辻駕籠屋の勘次は怯《おじ》気づいて商売を休んでいるらしかった。女房の悪態の途切れるのを待って、七兵衛はそっと声をかけた。

「ごめんなさい」

「誰ですえ」と、女房は八中《やつあた》りの尖《とが》った声で答えた。

「勘次さんはお家ですかえ」

空駕籠を片寄せてある土間に立つと、長火鉢の前にあぐらをかいていた勘次が首をのばした。彼は三十四五の、背の底い、小ぶとりに肥《ふと》った男で、こんな商売に似合わない、人のよさそうな顔をしていた。

「勘次はいますよ。こっちへおはいんなせえ」

「朝っぱらからお邪魔をします」と、七兵衛は上がり框《がまち》に腰をかけた。「勘次さんというのはお前だね。話は早えがいい。おれは葺屋町の七兵衛と云って、十手をあずかっている者だが、すこしお前に訊きてえことがある」

「へえ」と、勘次は女房と顔を見あわせた。「なにしろ、親分。きたねえところですが、まあこっちへお上がんなすって下せえまし」

「親分。まあどうぞこちらへ……」

女房は急にふくれっ面をやわらげて、しきりに内へ招じ入れようとするのを、七兵衛は手を振って断わった。

「まあ、いい。なにも構いなさんな。お客に来たんじゃねえ。そこで早速だが、お前はこのあいだ蔵前の通りで槍突きに出っ食わしたというじゃあねえか。いや、そりゃあまあ災難で仕方ねえが、その時にお前は変なお客を乗っけたそうだね。ほんとうかえ」

「へえ」と、勘次は不安らしくうなずいた。

「それがちっと面倒になっているんだ。気の毒だが、おれはお前を引っ張って行かなけりゃあならねえ」

七兵衛はまずこう嚇《おど》した。化け猫の風説はおまえと相棒の富松の口から出たに相違ない。奇怪の風説をきっと取り締れという町奉行所の御触れが出ている。そうして、その風説の張本人が辻駕籠の勘次と富松の二人とわかっている以上、自分はこれから二人を引っ立てて行って吟味をしなければならないから、そう思ってくれと云った。みだりに奇怪の風説を流布《るふ》したということになると、どんな御咎《おとが》めを受けるか判らないので、勘次も女房も真《ま》っ蒼《さお》になった。

「でも、親分。そりゃあまったくのことなんですから」と、勘次は慄《ふる》えながら云った。

「そりゃあ俺も知っている。お前に迷惑をかけるのは気の毒だと思っている。就いてはそんな面倒は云わねえことにして、その代りに一つ御用を勤めてくれ。今夜の暮れ六ツが鳴ったら富松と一緒に駕籠をかついで俺の家まで来てくれれば、その時に万事の打合わせをする。いいか。頼んだぜ」

否応《いやおう》なしに承知させて、七兵衛は勘次にわかれて帰った。帰ると丁度かの岩蔵が来ていたので、七兵衛はこれを長火鉢の前によんで、馬道の勘次をたずねて来たことを話した。

「四の五の云うと面倒だから少し嚇かして来たから、相棒と一緒にきっと今夜来るに相違ねえ。ふたりに空駕籠をかつがせて、おれが付いて行ってみようと思う。化け猫釣りがうまく行きゃあお慰みだが……」

「そんな仕事ならほかの駕籠屋を狩り出した方がようがすぜ」と、岩蔵は云った。「あいつらは揃《そろ》って臆病な奴らですから、なんの役にも立ちますめえ」

「でも、このあいだの晩の娘を乗っけたのは彼奴《あいつ》らだから、ほかの者じゃあ見識《みし》り人にならねえ。まあ、いいや。なんとかなるだろう」と、七兵衛は笑っていた。「それにしても民の野郎はどうしたろう。あいつに少し頼んで置いたことがあるんだが……」

「民の野郎はさっき来ましたよ。親分は留守だと云ったら、それじゃあ髪結床《かみいどこ》へ行ってこようと出て行きましたから、又引っ返して来るでしょうよ」

噂をしているところへ、民次郎という二十四五の子分が剃《そ》り立ての額《ひたい》をひからせて帰って来た。

「親分。お早うございます。早速だが、わっしの方はどうも大役ですぜ。寅の奴と手わけをして、毎晩方々を見まわって歩いているが、なにしろ江戸は広いんでね。とても埒《らち》が明きそうもありませんよ」

「気の長《な》げえ仕事だが、まあ我慢してやってくれ。そのうちにゃあ巧くぶつかるかも知れねえから」と、七兵衛はやはり笑っていた。「どうでみんなが手古摺《てこず》っている仕事なんだから、そう手っ取り早くは行かねえ。まあ、気長にやるよりほかはねえ」

民次郎は寅七という子分と手わけをして、江戸中で竹藪《たけやぶ》のあるところを毎晩見廻っているのであった。今とは違って、その頃の江戸には竹藪のあるような場所はたくさんあった。それを根《こん》よく見まわって歩くのは並大抵のことではないので、年のわかい彼が愚痴をこぼすのも無理はなかった。

三

日が暮れると、勘次は相棒の富松をつれて約束通りにたずねて来た。かれらに空駕籠をかつがせて、七兵衛は見え隠れにそのあとに付いて、人通りの少なそうなところを廻ってあるいたが、化け猫らしい娘には出逢わなかった。四ツ（午後十時）過ぎになっても何の変りもないので、七兵衛は幾らかの酒手を二人にやって別れた。

「今夜はいけねえ。あしたの晩もまた来てくれ」

あくる日も二人の駕籠屋は正直に夕方からたずねて来たので、七兵衛はかれらを先に立たせて、ゆうべのように寂しい場所を択《えら》んで歩いたが、今夜もそれらしい者のすがたを見付けなかった。

「又あぶれか。仕方がねえ。あしたも頼むぜ」

今夜も酒手をやって駕籠屋に別れて、七兵衛は寒い風に吹かれながら浜町河岸《はまちょうがし》をぶらぶら帰ってくると、駕籠屋のひとりが息を切ってうしろから追って来た。うすい月の光りに見かえると、それは勘次であった。

「親分。大変です。女がまた殺《や》られています」

「どこだ」

「すぐそこです」

一町ばかりも河岸に付いて駈《か》けてゆくと、果たしてひとりの女が倒れていた。廿三四の小粋《こいき》な風俗で、左の胸のあたりを突かれているらしかった。七兵衛が死骸《しがい》をかかえ起して、胸をくつろげて先ずその疵《きず》口をあらためると、からだはまだ血温《ぬくもり》があった。たった今殺《や》られたにしては、なにかの叫び声でも聞えそうなものだと思いながら、念のために女の口を割ってみると、口のなかから生々《なまなま》しい小指があらわれた。声を立てさせまいとして片手で女の口をおさえたので、女は苦しまぎれにその小指を咬《か》み切ったのであろう。七兵衛はその指を鼻紙につつんで袂に入れた。

「気の毒だが、死骸をその駕籠に乗せてくれ」

死骸を運ばせて、型の通りに検視をうけると、女は両国の列《なら》び茶屋の女でお秋というものと判った。胸の疵はやはり槍で突かれたのであった。

「また槍突きか」と、検視の役人は云った。世間の者もそう認めて、お秋の死骸はそのまま引き渡された。併《しか》し七兵衛にはそうらしく思われなかった。これまでの手口から考えても、また自分の経験から考えても、槍突きの曲者《くせもの》は柄の長い槍で遠方から突くのである。女を抱きすくめて其《そ》の女の口をおさえて胸を突くような遣《や》り口は一度もない。これは槍突きのはやるのを幸いに、槍の穂で女を突き殺して、これも槍突きの仕業《しわざ》であるらしく世間の眼をくらます手段に相違ないと鑑定した。

女の口にくわえていた小指に藍《あい》の色が浸《し》みているのを証拠に、七兵衛は子分どもに云いつけて紺屋《こうや》の職人を探させた。向う両国の紺屋にいる長三郎という今年十九の職人が、すぐに召捕られた。長三郎は列び茶屋のお秋に熱くなって、この夏頃から毎晩のように入り込んでいたが、自分よりも年下で、しかもきのう今日《きょう》の年季あがりの職人を、お秋はまるで相手にもしなかったので、彼はひどく失望した。ことにお秋には浜町辺のある情夫《おとこ》が付いているのを知って、年のわかい彼は嫉妬《しっと》に身を燃やした。そうして、結局お秋を殺そうと決心したが、それでも自分の命は惜しいとみえて、かれは人知れず女を殺してしまう方法をかんがえた。七兵衛の想像通り、かれは槍の穂を買って来て、それをふところにしてお秋の出入りを付け狙《ねら》っているうちに、その夜は彼女が浜町の情夫のところへ逢いに行ったのを知ったので、帰る途中を待ち受けていて、うしろから不意に抱きすくめてその胸を突いた。こうしてしまえば、自分の罪を彼の槍突《か》きに塗り付けることが出来ると思ったのであるが、女にかみ切られた小指が証拠になって、左小指をまいている彼はひと言の云い解きも出来ずに縄をうけた。

「とんだお景物《けいぶつ》だ」と、七兵衛は思った。しかしそのお景物の口から七兵衛は一つの手がかりを見つけ出した。それは長三郎の近所の獣《ももんじいや》肉屋へときどきに猿や狼《おおかみ》を売りにくる甲州辺の猟師が、この頃も江戸へ出て来て、花町《はなまち》辺の木賃宿《きちんやど》に泊まっている。かれは小博奕《こばくち》の好きな男で、水茶屋ばいりの資本《もとで》を稼ごうとした長三郎が、かえって彼に幾たびか巻き上げられたということであった。

「その猟師はなんという男で、てめえはどうして識っているんだ」

「名前は作さんと云っています。たしか作兵衛と云うんでしょう」と、長三郎は云った。

「わたくしが作さんと懇意になったのは、この月の初めに親方の使いで、猪《ももんじい》肉を少しばかり内証で買いに行ったときに、作さんは店に腰をかけていて、おたがいに二タ言三言挨拶《あいさつ》したのが初めです。それから二、三日経《た》って、わたくしが宵の口に横網《よこあみ》の河岸を通ると、片側の竹藪のなかへ作さんがはいって行こうとするところで、今そこで狐《きつね》を一匹見つけたから追っかけて行こうとするんだと云いました」

「狐はつかまえたのか」と、七兵衛は訊いた。

「わたくしと話しているうちに、もう遠くへ逃げてしまったから駄目だと云ってやめました」

「その猟師には博奕で幾らばかり取られた」

「わたしらの小博奕ですから多寡《たか》が四百か五百で、一貫と纏《まと》まったことはありません。それでもほかの者から幾らかずつ取っていますから、当人のふところには相当にはいっているかも知れません。不思議に上手なんですから」

「毎晩博奕をうつのか」

「わたしらは毎晩じゃありません。でも作さんは大抵毎晩どこかへ出て行くようです。山の手にも小さい賭場《とば》がたくさんあるそうですから、大方そこへ行くんでしょう」

「よし、判った。てめえもいろいろのことを教えてくれた。その御褒美に御慈悲をねがってやるぞ」

「ありがとうございます」

長三郎はすぐ伝馬町《てんまちょう》へ送られた。七兵衛は今度の事件に関係のある岩蔵、民次郎、寅七の三人を呼んで、本所の木賃宿に泊っている甲州の猟師を召捕れと云いつけた。

「だが、親分。猟師がなんだってそんな真似をするんでしょう」と、岩蔵は腑《ふ》に落ちないように眉をよせた。

「そりゃあ俺にもわからねえ」と、七兵衛も首をふってみせた。「だが、槍突きはその猟師に相違ねえと思う。俺がこの間の晩、柳原の堤《どて》で突かれそくなった時に、そいつの槍の柄をちょいと摑《つか》んだが、その手触りがほんとうの樫《かし》じゃあねえ。たしかに竹のように思った。してみると、槍突きは本身《ほんみ》の槍で無しに、竹槍を持ち出して来るんだ。十段目の光秀じゃあるめえし、侍が竹槍を持ち出す筈がねえ。こりゃあきっと町人か百姓、多分百姓の仕業《しわざ》だろうと睨《にら》んだが、おなじ竹槍を毎晩かついで歩いている気づけえはねえ。第一、昼間その槍の始末に困るから、槍はその時ぎりで何処《どこ》へか捨ててしまって、突きに出る時には新しい竹を伐り出して来るんだろうと思ったから、民や寅に云い付けて、そこらの竹藪を見張らせていると、案の通りそいつが横網河岸の竹藪へ潜《もぐ》り込もうとするところを、紺屋の長三郎が見つけたというじゃあねえか。狐をつかまえるなんていうのは嘘《うそ》の皮だ。もう一つには柳原でおれに突いて来た腕前がなかなか百姓の猪《しし》突き槍らしくねえ。穂さきが空《くう》を流れずに真面《まとも》に下へ下へと突きおろして来た工合が、百姓にしてはちっと出来過ぎるとおれも実は不思議に思っていたが、猟師とはちょいと気がつかなかった。あの野郎、熊《くま》や狼を突く料簡《りょうけん》で人間をずぶずぶ遣りゃあがるんだから恐ろしい。さあ、こう種があがったら考えることはねえ。すぐに行って引き挙げてしまえ」

「判りました。ようがす」

三人は勢い込んでばらばらと起《た》った。

四

心無しを使うなと俚諺《ことわざ》にもいう十月の中十日《なかのとおか》の短い日はあわただしく暮れて、七兵衛がお兼ばあやの給仕で夕飯をくってしまった頃には、表はすっかり暗くなった。本所へ出て行った三人はまだ帰って来なかった。相手が留守なので張り込んでいるのだろうと思っていたが、あまり遅いので七兵衛も少し不安になった。どんな様子か見とどけに行って来ようかと身支度をして門《かど》を出るところへ、いつもの勘次が空手《からて》で来た。

「親分。申し訳がありません。富の野郎が持病の疝気《せんき》で、今夜はどうしても動けねえと云うんですが……」

「それでお前ひとりで出て来たのか。正直な男だな。実はこれから本所まで御用で行くんだから、今夜はお前に用はなさそうだが、まあそこまで一緒に附き合ってくれ、途中で又どんな掘出し物がねえとも云えねえ」

「あい。お供します」

女房の尻《しり》に敷かれているらしい男だけに、意気地はないが正直で素直な彼を、七兵衛は可愛《かわい》く思った。ふたりは話しながら両国の方へ歩いてゆくと、長い橋のまん中まで来かかった時に、あたまの上を雁が鳴いて通った。

「だんだん寒くなりますね」

「むむ、これから筑波颪《つくばおろし》でこの橋は渡り切れねえ」と、七兵衛はうす明るい水の上を眺めながら云った。「もうじきに白魚の篝《かがり》が下流《しもて》の方にみえる時節だ。今年もちっとになったな」

こう云っている彼の袂を勘次はそっとひいた。七兵衛がかれの指さす方角に眼をむけると、ひとりの女がうつむき勝ちに歩いていた。

「蔵前の化け猫じゃあねえか」と、七兵衛は小声で訊いた。

「そうですよ。どうもそうらしいと思いますよ」と、勘次もささやいた。「わたくしは商売ですから、一度乗せた客はめったに忘れません。この間の晩、猫になったのはあの女ですよ」

「おれもそうらしいと思っている。少し待ってくれ。おれが行って声をかけるから」

七兵衛は引っ返して女のあとをつけた。広小路寄りの橋番小屋のまえまで行った時に、かれは先廻りをして女の前に立って、小屋の灯かげで頭巾《ずきん》をのぞいた。

「若先生。先夜は失礼をいたしました」

女はちょっと立ち停まったが、そのまま無言でゆき過ぎようとするのを、七兵衛は追いすがって又呼んだ。

「内田の若先生。あなたも槍突きの御詮議でございますかえ。とんだ御冗談をなさるので、世間じゃあみんな化け猫におびえていますよ」

「ほほほほほほ」

女は笑いながら頭巾をぬいで、まだ前髪のある白い顔をみせた。大柄ではあるが、ようよう十五六であろう。かれは眼の涼しい、口元の引き締った、見るから優《やさ》しげな、しかも凜々《りり》しい美少年であった。

「おまえは誰だ。どうして私を識っている」

「今牛若という若先生が両国橋を歩いていらっしゃるのは、五条の橋の間違いじゃあございませんかえ」と、七兵衛は笑った。「下谷の内田先生の御子息に俊之助様という方のあるのは盲でも知っていましょう。このあいだの晩、柳原でちょっとお目にかかりました時に、お手並はすっかり拝見いたしました。提灯の火でちらりとお見受け申したところ、身のかまえ、小手先の働き、どうも唯《ただ》の方ではないと存じました。御修行かたがた槍突きを御詮索になるのは結構ですが、器用に駕籠ぬけをして身代りに猫を置いていらしったりするもんですから、世間の騒ぎはいよいよ大きくなって困ります。もうこの後はどうか悪い御冗談はお見合わせください、臆病な奴らはふるえていけませんから」

「何もかもよく知っている」と、少年は笑い出した。「そうして、お前は誰だというに……」

「御用聞きの七兵衛でございます」

るな」

「ははあ、それでは知っている筈だ。親父《おやじ》のところへも二、三度たずねて来たことがあ

「へえ。この槍突きの一件で、お父様にも少々おたずね申しに出たことがございました」

女装の少年は七兵衛に見あらわされた通り、当時下谷に大きい町道場をひらいている剣術指南内田伝十郎の息子であった。この夏以来、かの槍突きの噂がさわがしいので、血気にはやる若い弟子たちのうちには、世間のため修行のために、その槍突きの曲者《くせもの》を引っ捕えようとして、毎晩そこらを忍び歩いている者もあった。俊之助はそれが羨《うらや》ましくなったので、今牛若の名を取っている彼は父の許しを受けて、これも先月の末頃から忍んで出た。これまでほかの弟子たちが一度も当の敵に出逢わないのは、むやみに肩肱《かたひじ》を怒《いか》らせて大道のまん中を押し歩いているからである。自分はまだ前髪立ちの少年であるのを幸いに、女に化けて敵を釣り寄せてやろうと考えて、俊之助は姉の衣服をかりて頭巾に顔をつつんだ。そうして夜にまぎれて忍んで出ると、果たして広徳寺前で不意に突きかけられた。無論に身をかわして引っぱずしたが、相手は逃げ足が早いので、それを取り押えることが出来なかった。

年のわかい彼はそれを口惜しがって、その意趣返しに一度相手を弄《なぶ》ってやろうと思った。かれは家を出るときに黒い野良《のら》猫を絞め殺して、その死骸をふところに忍ばせてい

ると、それがうまく図にあたって槍の穂先が駕籠を貫く途端に、身の軽い彼は早くも外へぬけ出して、身がわりの猫を残して行ったのである。

「とんだ悪戯《いたずら》をして相済まなかった。堪忍《かんにん》してくれ」と、俊之助は何もかも打ち明けて笑った。

「その後も毎晩お忍びでございましたか」と、七兵衛は訊いた。

「家へ帰って自慢そうにその話をすると、父からひどく叱《しか》られて、なぜそんな悪戯をする、いたずらばかり心掛けているから肝腎の相手を取り逃がすようにもなる。本気になって相手をさがせと厳しく云われたので、その後も怠らずに毎晩出あるいているが、月夜のつづくせいか、この頃はちっとも出逢わないで困っている」

「それは御苦労さまでございます。しかしもう御心配には及びません。その相手という奴は大抵知れました」

「むむ、知れたか」

この途端に足音をぬすんで近寄る者があるらしいので、油断のない二人はすぐに振り返ると、ひとりの大男が短い刃物をひらめかしていきなりに突いて来た。かれの目ざしたのは七兵衛であるらしかったが、七兵衛があわてて身をかわすと同時に、かれの利《き》き腕はもう俊之助に摑まれていた。彼はもんどり打って大地へ叩き付けられた。這《は》い起きようとする其の腕を、今度は七兵衛がしっかり押え付けてしまった。

「飛んで火に入るとかいうのは此《こ》の事で、実に馬鹿《ばか》な奴ですよ」と、半七老人は云った。「いくらこっちが油断しているだろうと思ったにしても、剣術つかいと御用聞きとが向い合っているところへ、自分から切り込んでくる奴もないもんです。ふたりの話を立ち聴きしていて、こりゃあ自分の身の上があぶないと思ったからでしょうが、あんまり向う見ずの奴ですよ。そいつはやっぱり猟師の作兵衛という奴で、槍突きはまったくこいつの仕業だったんです。年は三十七八で、若いときに甲州の山奥で熊と闘って啖《く》い切られたというので、左の耳が無かったそうです。頬にも大きい疵のあとがあって、口のまわりにも歪《ゆが》んだ引っ吊《つ》りがあって、人相のよくない髭《ひげ》だらけの醜男《ぶおとこ》だったということです」

「その猟師がなぜそんなことをしたんでしょう。気ちがいですか」と、わたしは訊いた。

「まあ一種の気ちがいとでもいうんでしょうかね。しかし吟味になってからも、口の利き方なぞははきはきしていて、普通の人と変らなかったそうです。当人の白状によると、前の文化三年に槍突きをやったのは、その兄貴の作右衛門という男で、これは運好《よ》く知れずにしまったんですが、もうその時には死んでいたとはいよいよ運のいい奴です。作右衛門の兄弟は親代々の猟師で、甲州の丹波山とかいう所からもっと奥の方に住んでいて、甲府の町すらも見たことのない人間だったそうですが、なにか商売の獣物《けだもの》を売ることに就いて、兄貴の作右衛門がはじめて江戸へ出て来たのは文化二年の暮で、あくる年の春まで逗留《とうりゅう》しているうちに、ふと妙な気になったのだと云います。

それは、生まれてから初めて江戸という繁華な広い土地を見て、どの人もみんな綺麗に着飾っているのを見て、初めは唯びっくりしてぼんやりしていたんですが、そのうちにだんだん妬《ねた》ましくなって来て……。羨ましいだけならばいいんですが、それがいよいよ嵩《こう》じて来て、なんだかむやみに妬ましいような、腹が立つような苛々《いらいら》した心持になって来て、唯なんとなしに江戸の人間が憎らしくなって、誰でもかまわないから殺してやりたいような気になったんだそうです。で、根が猟師ですから鉄砲を打つことも知っている。槍を使うことも知っているので、そこらの藪から槍を伐り出して来て、くらやみで無闇《むやみ》に往来の人間を突いてあるいたんです。まったく猪や猿を突く料簡で、相手嫌わずに突きまくったんだから堪まりません。考えてもぞっとします。そうして、いい加減に江戸じゅうをあらし歩いたのと、さすがに故郷が恋しくなったのとで、その年の秋ごろに国へ逃げて帰って、何食わぬ顔をして暮らしていたんです。勿論《もちろん》、そんなことは他人《ひと》にうっかりしゃべられないんですが、それでも酒に酔った時などには、囲炉裏《いろり》のそばで弟に話したことがあるので、作兵衛はそれをよく知っていたんです。

それから二十年経つうちに、兄の作右衛門はある年の冬、雪にすべって深い谷底へころげ落ちて、その死骸も見えなくなってしまったといいます。あとは弟の作兵衛ひとりで、女房も持たずに暮らしていると、これもなにかの商売用で初めて江戸へ出て来ることになったんです。それが文政八年の五月頃で、若い時から兄貴のおそろしい話を聴かされているので、自分は勿論おとなしく帰る積りであったところが、扨《さて》いよいよ江戸へ出てみると土地が賑やかなのと、眼に見る物がみんな綺麗なのとで、なんだか酔ったような心持になって、これもむらむらと気が変になって、とうとう兄貴の二代目になってしまったんです。で、五月と六月のふた月はやはり竹槍を担《かつ》ぎ歩いていたんですが、さすがに悪いことだと気がついて、怱々《そうそう》に故郷へ逃げて帰りました。それでおとなしくしていれば、兄貴同様に無事だったんでしょうが、山へはいって猪や猿を突くたびに、なんだか江戸のことが思い出されて、とうとう堪え切れなくなって其の年の九月に又ぶらりと出て来ました。江戸の人間こそ飛んだ災難です。それでもいよいよ運がつきて、七兵衛に召し捕られてしまったんです。今までは誰も侍や浪人ばかりに眼をつけていたんですが、初めて竹槍ということを見付けだしたのが七兵衛の手柄でしょう。そのあいだに黒猫というお景物が付いたので、事がすこし面倒になりましたが、むかしの剣術使いなどのやりそうな悪戯《いたずら》です。はははははは。作兵衛は無論引き廻しの上で磔刑《はりつけ》になりました」

「その兄弟は猟師でしょう」と、わたしは又訊いた。「江戸にいる間はいつもどうして食っていたんです」

「それが又不思議ですよ」と、老人は説明した。「兄貴も弟も博奕がうまいんです。甲州の山奥から出て来た猿のような奴だと思って、馬鹿にしてかかると皆あべこべに巻き上げられてしまうんです。勿論、小ばくちですから幾らの物でもありますまいけれども、どっちもひどく約《つま》しい人間で、木賃宿にごろごろして、三度の飯さえとどこおりなく食っていればいいという風でしたから、江戸に暮らしていても幾らもかかりゃしません。そうして、暗い晩になると竹槍をかついであるく。実に乱暴な奴らで、兄弟揃ってそんな人間が出来たというのは、殺生《せっしょう》の報いだろうなんて、その頃の人達は専《もっぱ》ら評判していたそうですが、どんなものですかね。何かそういう気ちがいじみた血筋を引いているのか、それともふだんから熊や狼を相手にしているので、自然にそんな殺伐な人間になったのか。さびしい山奥から急に華やかな江戸のまん中へほうり出されたもので、なんだか気がおかしくなったのか。今の世の中でしたら、いろいろの学者たちがよく説明してくれたんでしょうけれど、その時代のことですから、大抵の人は殺生の報いだとか因果だとか、すぐにきめてしまったようです」

少年少女の死

一

「きのうは家《うち》のまえで大騒ぎがありましたよ」と、半七老人は云《い》った。

「どうしたんです。何があったんです」

「なにね、五つばかりの子供が自転車に轢《ひ》かれたんですよ。この横町の煙草《たばこ》屋の娘で、可愛《かわい》らしい子でしたっけが、どこかの会社の若い人の乗っている自転車に突きあたって……。いえ、死にゃあしませんでしたけれど、顔へ疵《きず》をこしらえて……。女の子ですから、あれがひどい引っ吊《つ》りにならなければようござんすがね。一体この頃のように下手な素人《しろうと》がむやみに自転車を乗りまわすのは、まったく不用心ですよ」

その頃は自転車の流行《はや》り出した始めで、半七老人のいう通り、下手な素人がそこでも此処《ここ》でも人を轢いたり、塀を突き破ったりした。今かんがえると少しおかしいようであるが、その頃の東京市中では自転車を甚だ危険なものと認めないわけには行かなかった。わたしも口をあわせて、下手なサイクリストを罵倒《ばとう》すると、老人はやがて又云い出した。

「それでも大人《おとな》ならば、こっちの不注意ということもありますが、まったく子供は可哀《かわい》そうですよ」

「子供は勿論《もちろん》ですが、大人だって困りますよ。こっちが避《よ》ければ、その避ける方へ向うが廻って来るんですもの。下手な奴《やつ》に逢《あ》っちゃあ敵《かな》いませんよ」

「災難はいくら避けても追っかけて来るんでしょうね」と、老人は嘆息するように云った。

「自転車が怖いの何のと云ったところで、一番怖いのはやっぱり人間です。いくら自転車を取締っても、それで災難が根絶やしになるというわけに行きますまいよ。昔は自転車なんてものはありませんでしたけれど、それでも飛んでもない災難に逢った子供が幾らもありましたからね」

これが口切りで、老人は語り出した。

「今の方は御存知ありますまいが、外神田に田原屋という貸席がありました。やはり今日《こんにち》の貸席とおなじように、そこでいろいろの寄り合いをしたり、無尽をしたり、遊芸のお浚《さら》いをしたり、まあそんなことで相当に繁昌《はんじょう》している家でした」

元治元年三月の末であった。その田原屋の二階で藤間光奴《ふじまみつやっこ》という踊りの師匠の大浚いが催された。光奴はもう四十くらいの師匠盛りで、ここらではなかなか顔が売れているので、いい弟子もたくさんに持っていた。ふだんの交際も広いので、義理で顔を出す人たちも多かった。おまけに師匠の運のいいことは、前日まで三日も四日も降りつづいたのに、当日は朝から拭《ぬぐ》ったような快晴になって、田原屋の庭に咲き残っている八重桜はうららかな暮春の日かげに白く光っていた。

浚いは朝の四ツ時（午前十時）から始まったが、自分にも弟子が多く、したがって番組が多いので、とても昼のうちには踊り尽くせまいと思われた。師匠も無論その覚悟でたくさんの蠟燭《ろうそく》を用意させて置いた。踊り子の親兄弟や見物の人たちで広い二階は押し合うように埋められて、余った人間は縁側までこぼれ出していたが、楽屋の混雑は更におびただしいものであった。楽屋は下座敷の八畳と六畳をぶちぬいて、踊り子全体をともかくもそこへ割り込ませることにしたのであるが、何をいうにも子供が多いのに、又その世話をする女や子供が大勢詰めかけているので、ここは二階以上の混雑で殆《ほとん》ど足の踏み場もないくらいであった。そこへ衣裳《いしょう》や鬘《かつら》や小道具のたぐいを持ち込んで来るので、それを踏む、つまずく。泣く者がある。そのなかを駈《か》け廻っていろいろの世話を焼く師匠は、気の毒なくらいに忙がしかった。午過《ひるす》ぎには師匠の声はもう嗄《か》れてしまった。

俄《にわ》か天気の三月末の暖気は急にのぼって、若い踊り子たちの顔を美しく塗った白粉《おしろい》は、滲《にじ》み出る汗のしずくで斑《まだ》らになった。その後見《こうけん》を勤める師匠の額にも玉の汗がころげていた。その混雑のうちに番数もだんだん進んで、夕の七ツ時（午後四時）を少し過ぎた頃に常磐津《ときわず》の「靫猿《うつぼざる》」の幕が明くことになった。踊り子はむろん猿曳《さるひき》と女大名と奴《やっこ》と猿との四人である。内弟子のおこよと手伝いに来た女師匠とが手分けをして、早くから四人の顔を拵《こしら》えてやった。衣裳も着せてしまった。もう鬘さえかぶればよいということにして置いて、二人はほっと息をつく間もなく、いよいよこの幕が明くことになった。忙がしい師匠は舞台を一応見まわって、それから楽屋へ降りて来た。

「もし、みんな支度は出来ましたか。舞台の方はいつでもようござんすよ」

「はい。こっちもよろしゅうございます」

おこよは四人を呼んで鬘をかぶせようとすると、そのなかで奴を勤めるおていという子が見えなかった。

「あら、おていちゃんはどうしたんでしょう」

みんなもばらばら起《た》っておていの姿を見付けに行った。おていは今年九つで、佐久間町の大和屋という質屋の秘蔵娘であった。踊りの筋も悪くないのと、その親許《おやもと》が金持なのとで、師匠はこんな小さい子供の番組を最初に置かずに、わざわざ深いところへ廻したのであった。おていは下膨《しもぶく》れの、眼の大きい、まるで人形のような可愛らしい顔の娘で、繻子奴《しゅすやっこ》に扮装《いでた》ったかれの姿は、ふだんの見馴《みな》れているおこよすらも思わずしげしげと見惚《みと》れるくらいであった。そのおていちゃんが行方不明になったのである。

勿論、楽屋にはおてい一人でない。姉のおけいという今年十六の娘と、女中のお千代とおきぬと、この三人が附き添って何かの世話をしていたのである。母のおくまは正月からの煩《わずら》いで、どっと床に就いているので、きょうの大浚いを見物することの出来ないのをひどく残念がっていた。父の徳兵衛は親類の者四、五人を誘って来て二階の正面に陣取っていた。姉も女中たちも、さっきからおていのそばに付いていたのであるが、前の幕があいた時にそれを見物するために楽屋を出て、階子《はしご》のあがり口から首を伸ばしてしばらく覗《のぞ》いていた。その留守の間におていは姿を隠したのであった。しかし此の三人の女のほかに、楽屋には他の踊り子たちもいた。手つだいや世話焼きの者共も大勢押合っていた。そのなかでおていは何処《どこ》へ隠されたのであろう。三人もあわてて二階の見物席を探した。便所をさがした。庭をさがした。徳兵衛もおどろいて楽屋へ駈け降りて来た。

繻子奴の姿が見えなくては幕をあけることが出来ない。それればかりでなく、楽屋で踊り子の姿が突然消えてしまっては大変である。師匠の光奴も顔の色をかえて立ち騒いだ。内弟子もほかの人達も一度に起って家《うち》じゅうを探し始めたが、繻子奴の可愛らしい姿はどこにも見付からなかった。なにをいうにも狭いところに大勢ごたごたしているのと、他の人達はみな自分たちが係り合いの踊り子にばかり気を配《くば》っていたのとで、おていがいつの間にどうしたのか誰も知っている者はなかった。姉と二人の女中とが当然その責任者であるので、かれらは徳兵衛から嚙《か》み付くように叱《しか》られた。叱られた三人は泣き顔になって其処《そこ》らをあさり歩いたが、おていは何処からも出て来なかった。

「どうしたんだろう」と、徳兵衛も思案に能《あた》わないように溜息《ためいき》をついた。

「ほんとうにどうしたんでしょうねえ」と、光奴も泣きそうになった。

もうこうなっては、叱るよりも怒るよりも唯《ただ》その不思議におどろかされて、徳兵衛もぼんやりしてしまった。いかに九つの子供でも、すでに顔をこしらえて、衣裳を着けてしまってから、表へふらふら出てゆく筈《はず》もあるまい。帳場にいる人達も繻子奴が表へ出るのを見れば、無論に遮り止める筈である。外へも出ず、内にもいないとすれば、おていは消えてなくなったのである。

「神隠しかな」と、徳兵衛は溜息まじりにつぶやいた。

この時代の人たちは神隠しということを信じていた。実際そんなことでも考えなければ、この不思議を解釈する術《すべ》がなかった。神か天狗《てんぐ》の仕業《しわざ》でなければ、こんな不思議を見せられる道理がない。師匠もしまいには泣き出した。ほかの子供も一緒に泣き出した。この騒ぎが二階にもひろがって、見物席の人達もめいめいの子供を案じて、どやどやと降りて来た。華やかな踊りの楽屋は恐怖と混乱の巷《ちまた》となった。

「きょうのお浚いはあんまり景気が好過《よす》ぎたから、こんな悪戯《いたずら》をされたのかも知れない」と、天狗を恐れるようにささやく者もあった。

そこへ来合わせたのは半七であった。彼も師匠から手拭を貰《もら》った義理があるので、幾らかの目録づつみを持って帳場へ顔を出すと、丁度その騒動のまん中へ飛び込んだのであった。半七はその話を聞かされ眉《まゆ》を寄せた。

「ふうむ。そりゃあおかしいな。まあ、なにしろ師匠に逢《あ》ってよく訊《き》いてみよう」

奥へ通ると、かれは光奴と徳兵衛とに左右から取り巻かれた。

「親分さん。どうかして下さいませんか。あたしはほんとうに大和屋の旦那《だんな》に申し訳ないんですから」と、光奴は泣きながら訴えた。

「さあ、どうも飛んだことになったねえ」

半七も腕をくんで考えていた。彼はおていの可愛らしい娘であることを知っているので、おそらくこの混雑にまぎれて彼女を引っ攫《さら》って行った者があるに相違ないと鑑定した。神隠しばかりでなく、人攫いということも此の時代には多かった。半七は先《ま》ずこの人攫いに眼をつけたが、そうなると手がかりが余ほどむずかしい。初めからおていを狙《ねら》っていたものならば格別、万一この混雑にまぎれて衣裳でも何でも手あたり次第に盗み出すつもりで、庭口からひそかに忍び込んだ人間が、偶然そこにいる美しい少女を見つけて、ふとした出来心で彼女を拐引《かどわか》して行ったものとすると、その探索は面倒である。しかし子供とはいいながら、おていはもう九つである以上、なんとか声でも立てそうなものである。声を立てれば其処らには大勢の人がいる。声も立てさせずに不意に引っ攫ってゆくというのは、余ほど仕事に馴れた者でなければ出来ない。半七は心あたりの兇状《きょう》《じょう》持ちをそれからそれへと数えてみた。

彼はそれから念のために庭へ降りた。庭と云っても二十坪ばかりの細長い地面で、そこには桜や梅などが植えてあった。垣根の際《きわ》には一本の高い松がひょろひょろと立っていた。彼は飛石伝いに庭の隅々を調べてあるいたが、外からはいって来たらしい足跡は見えなかった。横手の木戸は内から錠をおろしてあった。おていを攫った人間は表からはいって来た気配はない。どうしても横手の木戸口から庭づたいに忍び込んだらしく思われるのに、木戸は内から閉めてある。庭にも怪しい足跡の無いのを見ると、彼の鑑定は外《はず》れたらしい。半七は石燈籠《いしどうろう》のそばに突っ立って再び考えたが、やがて何心なく身をかがめて縁の下を覗いてみると、そこに奴すがたの少女が横たわっていた。

「おい、師匠、大和屋の旦那。ちょいと来てください」と、彼は庭から呼んだ。

呼ばれて縁さきへ出て来た二人は、半七が指さす方をのぞいて、思わずあっと声をあげた。これに驚かされて大勢もあわてて縁先へ出て来た。おていの冷たい亡骸《なきがら》は縁の下から引き出された。

女や子供たちは一度に泣き出した。

何者がむごたらしくおていを殺して縁の下へ投げ込んだのか。おていの細い喉首《のどくび》には白い手拭がまき付けてあって、何者にか絞め殺されたことは疑いもなかった。その手拭は今度のお浚いについて師匠の光奴が方々へくばったもので、白地に藤の花を大きく染め出した藍《あい》の匂《にお》いがまだ新らしかった。

神隠しや人攫いはもう問題ではなくなった。これから舞台へ出ようとする少女を絞め殺したのは普通の物取りなどでないことも判《わか》り切っていた。大和屋一家に怨《うら》みをふくんでいる者の復讐《ふくしゅう》か、さもなければこの少女に対する一種の妬《ねた》みか。おそらく二つに一つであろうと半七は解釈した。大和屋は質屋という商売であるだけに、ひとから怨みを受けそうな心あたりはたくさんあるかも知れない。親たちが金にあかして立派な衣裳をきせて、娘をお浚いに出したについて、ほかの子供の親兄弟から妬みをうけて、罪もない少女が禍《わざわ》いをうけたのかも知れない。どっちにも相当の理窟《りくつ》が付くので、半七も少し迷った。

なんと云ってもたった一つの手がかりは、おていの頸《くび》にまき付いている白い手拭である。半七はその手拭をほどいて丁寧に打ちかえして調べてみた。

「師匠。これはお前の配り手拭だが、きょうのお客さまは大抵持っているだろうね」

「めいめいというわけにも行きますまいが、ひと組に二、三本ずつは行き渡っているだろうかと思います」と、光奴は答えた。

「ここの家《うち》の人達にもみんな配ったかえ」

「はあ。女中さん達にもみんな配りました」

「そうか。じゃあ、師匠、すこし頼みてえことがある。まさかに俺が行って一々調べるわけにも行かねえから、お前これから二階へ行って、おまえが手拭を配った覚えのあるおかみさん達を一巡訊いて来てくれ」

「なにを訊いて来るんです」

「手拭をお持ちですかと云って……。娘や子供には用はねえ。鉄漿《かね》をつけている人だけでいいんだ。もし手拭を持っていねえと云う人があったら、すぐに俺に知らせてくれ」

光奴はすぐに二階へ行った。


「お話が長くなりますから、ここらで一足飛びに種明かしをしてしまいましょう」と、半七老人は云った。

「師匠はそれから二階へ行って、見物を一々調べたが、どうも判らないんです。尤《もっと》も師匠だって遠慮しながら調べているんだから埒《らち》は明きません。二階をしらべ、楽屋を調べても、どうも当りが付かないもんですから、今度はわたくしが自分で田原屋の女中を調べることになったんです。田原屋には四人の女中がありまして、その女中頭《がしら》を勤めているのはおはまという女で、三十一二で、丸髷《まるまげ》に結って鉄漿《かね》をつけていました。これはこのうちの親類で、手伝いながら去年から来ていたんです。これを厳しく調べると、とうとう白状しました」

「その女が殺したんですか」と、私は訊いた。

「尤も幽霊のように真《ま》っ蒼《さお》な顔をして、初めから様子が変だったのですが、調べられて意外にもすらすら白状しました。この女は以前両国辺のある町人の大家に奉公しているうちに、そこの主人の手が付いて、身重《みおも》になって宿へ下がって、そこで女の子を生んだのです。すると、主人の家には子供がないので、本妻も承知のうえで其の子を引き取るということになったが、おはまは親子の情でどうしても其の子を先方へ渡したくない、どんなに苦労しても自分の手で育てたいと強情を張るのを、仲に立った人達がいろいろになだめて、子供は主人の方へ引き渡し、自分は相当の手当てを貰って一生の縁切りということに決められてしまったんです。けれども、おはまはどうしても我が子のことが思い切れないで、それから気病みのようになって二、三年ぶらぶらしているうちに、主人から貰った金も大抵遣ってしまって、まことに詰まらないことになりました。それでも身体《からだ》は少し丈夫になったので、それから三、四ヵ所に奉公しましたが、子供のある家へいくとむやみに其の子をひどい目に逢わせるので一つ所に長くは勤まらず、自分も子供のある家《うち》は忌《いや》だというので、遠縁の親類にあたるこの田原屋へ手伝いに来ていたんです。これだけ申し上げたら大抵お判りでしょう。その日もおていが美しい孺子奴になったのを見て、ああ可愛らしい子だとつくづくと見惚《みと》れているうちに、ちょうど自分の子も同じ年頃だということを思い出すと、なんだか急にむらむらとなって、おていをそっと庭さきへ呼び出して、不意に絞め殺してしまったんです。昼間のことではあり、楽屋では大勢の人間がごたごたしていたんですが、どうして気がつかなかったもんですか。いや、誰か一人でも気がつけばこんな騒ぎにならなかったんですが、間違いの出来る時というものは不思議なものですよ」

「で、その手拭の問題はどうしたんです。手拭に何か証拠でもあったんですか」

「手拭には薄い歯のあとが残っていたんです。うすい鉄漿《おはぐろ》の痕《あと》が……。で、たぶん鉄漿《かね》をつけている女が袂《たもと》から手拭を出したときに、ちょいと口に啣《くわ》えたものと鑑定して、おはぐろの女ばかり詮議《せんぎ》したわけです。おはまは其の日に鉄漿をつけたばかりで、まだよく乾いていなかったと見えます」

「それから其の女はどうなりました」

「無論に死罪の筈ですが、上《かみ》でも幾分の憐《あわ》れみがあったとみえて、吟味相済まずというので、二年も三年も牢内《ろうない》につながれていましたが、そのうちにとうとう牢死しました。大和屋も気の毒でしたが、おはまもまったく可哀そうでしたよ」

二

「全くですね」と、わたしも溜息をついた。「こうなると、自転車や荷馬車ばかり取り締っても無駄ですね」

「そうですよ。なんと云っても、うわべに見えるものは避けられますが、もう一つ奥にはいっているものはどうにもしようがありますまい。今お話をしたほかに、まだこんなこともありましたよ」

半七老人は更にこんな話をはじめた。

慶応三年の出来事である。

芝、田町《たまち》の大工の子が急病で死んだ。大工は町内の裏長屋に住む由五郎という男で、その伜《せがれ》の由松はかぞえ年の六つであった。由松は七月三日のゆうがたから俄かに顔色が変って苦しみ出したので、母のお花はおどろいて町内の医者をよんで来たが、医者にもその容体が確かには判らなかった。なにかの物あたりであろうというので、まず型《かた》のごとき手当てを施したが、由松は手足が痙攣《けいれん》して、それから半晌《はんとき》ばかりの後に息を引き取った。父の由五郎が仕事場から戻って来たときには、可愛いひとり息子はもう冷たい亡《なき》骸《がら》になっていた。

あまりの驚愕《きょうがく》に涙も出ない由五郎は、いきなり女房の横っ面《つら》を殴り飛ばした。

「この引き摺《ず》り阿魔《あま》め。亭主の留守に近所隣りへ鉄棒《かなぼう》を曳いてあるいていて、大事の子供を玉無しにしてしまやあがった。さあ、生かして返せ」

由五郎はふだんから人並はずれた子煩悩《こぼんのう》で、ひと粒種の由松を眼のなかへ入れたいほどに可愛がっていた。その可愛い子が留守の間に頓死《とんし》同様に死んだのであるから、気の早い職人の彼は、一途《いちず》にそれを女房の不注意と決めてしまって、半気違いのようなありさまで彼女に食ってかかったのも無理はなかった。

「さあ、亭主の留守に子供を殺して、どうして云い訳をするんだ。はっきりと返事をしろ」

彼はそこに居あわせた人達が止めるのも肯《き》かずに、又もや女房をつづけ打ちにした。さなきだに可愛い子の命を不意に奪われて、これも半狂乱のようになっている女房は、亭主に激しく責められて、いよいよ赫《かっ》と逆上したらしい。彼女は蒼ざめた顔にふりかかる散らし髪をかきあげながら、亭主の前へ手をついた。

「まことに申し訳ありません。きっとお詫びをいたします」

切り口上にこう云ったかと思うと、かれは跣足《はだし》で表へとび出した。その血相《けっそう》が唯ならないと見て、居あわせた人達もあとから追って出たが、もう遅かった。大通りの向うは高輪《たかなわ》の海である。あれあれというちに、女房のうしろ姿は岸から消えてしまった。

由五郎は今さら自分の気早を悔んだが、これも遅かった。やがて引き揚げられた女房の死体は、わが子の死体と枕《まくら》をならべて、狭い六畳に横たえられた。妻と子を一度にうしなった由五郎は、自分も魂のない人のように唯黙って坐《すわ》っていた。相長屋の八、九人があつまって来て、残暑のまだ強い七月の夜に二つの新らしい仏を守っていた。

その通夜《つや》の席で、一軒置いた隣りの紙屑《かみくず》屋の女房がこんなことを云い出した。この女房は四、五日まえに七つになる男の児《こ》を亡《うしな》ったのであった。

「ほんとうに判らないもんだわねえ。うちの子供が歿《なくな》りました時にはここのおかみさんが来て、いろいろお世話をして下すったのに、そのおかみさんが幾日も経たないうちにこんなことになってしまって……。おまけに由ちゃんまで……。まあ、なんということでしょう。家《うち》の子供も由ちゃんと丁度おなじように、だしぬけに顔の色が変って、それから一晌《いっとき》の間も無しに死んでしまったんですが、お医者にもやっぱりその病気がたしかに判らないということでした。この頃は子供にこんな悪い病気が流行《はや》るんでしょうか。まったく忌《いや》ですね。いや、それに就いて、わたしは何だか忌な心持のすることがあるんですよ。実はね、家の子供が玩具《おもちゃ》にしていた水出しをね、今考えると、ほんとうに止《よ》せばよかったんですけれど、ここの家の由ちゃんに上げたんですよ。死んだ子供の物なんかを上げるのは悪いと思ったんですけれど、ここの由ちゃんがけさ遊びに来て、おばさん、あの水出しをどうしたと云うから、家にありますよと云って出して見せると、わたしにくれないかと云って持って帰ったんです。そうすると、その由ちゃんが又こんなことになって……。死んだ子供の物なんか決して人にやるものじゃありませんね。わたしは何だか悪いことをしたような心持がして、気が咎《とが》めてならないんですよ」

紙屑屋の女房はしきりに自分の不注意を悔んでいるらしかった。不運な母と子の死体はあくる日の夕方、品川の或《あ》る寺へ送られて無事に葬式《とむらい》をすませた。由五郎は自棄《やけ》酒を飲んでその後は仕事にも出なかった。

「この話がふとわたくしの耳にはいったもんですからね。いわゆる地獄耳で聞き逃がすわけには行きません」と、半七老人は云った。「その大工の子供や、紙屑屋の子供が、はやり病いで死んだのならば仕方がありません。門並《かどなみ》に葬礼が出ても不思議がないんですが、そこに少し気になることがあったもんですから、八丁堀の旦那方に申し上げて、手をつけてみることになりました」

「じゃあ、二人の子供はやっぱり何かの災難だったんですね」と、わたしは訊《き》いた。

「そうですよ。まったく可哀そうなことでした」

それから四、五日の後に、由五郎は勿論、紙屑屋の亭主五兵衛とその女房お作とが家主附き添いで、月番の南町奉行所へ呼び出された。死んだ由松が紙屑屋の女房から貰って来たという玩具《おもちゃ》の水出しが、証拠品として彼等のまえに置かれた。今日《こんにち》ではめったに見られないが、その頃には子供が夏場の玩具として、水鉄砲や水出しが最も喜ばれたものであった。水出しは煙管《きせる》の羅宇《らお》のような竹を管《くだ》として、それを屈折させるために、二箇所又は三箇所に四角の木を取り付けてある。そうして一方の端を手桶《ておけ》とか手水鉢《ちょうずばち》とかいうものに挿し込んで置くと、水は管を伝って一方の末端から噴き出すのである。しかしただ噴き出すのでは面白くないので、そこには陶器《せと》の蛙《かえる》が取り付けてあって、その蛙の口から水を噴くようになっている。巧みに出来ているのは、蛙の口から可なりに高く噴きあげるので、子供たちはみな喜んでこの水出しをもてあそんだのである。その水出しが奉行所の白洲《しらす》へ持ち出されて厳重な吟味の種になろうとは何人《なんぴと》も思い設けぬことであった。

紙屑屋の夫婦は先ずその水出しの出所を糺《ただ》された。その玩具はどこで買ったかという訊問《じんもん》に対して、亭主の五兵衛は恐る恐る申し立てた。

「実はこの水出しは買いましたのではございません。よそから貰いましたのでございます」

「どこで貰った。正直に云え」と、吟味方の与力はかさねて訊《き》いた。

「芝、露月町《ろうげつちょう》の山城屋から貰いました」

山城屋というのは其処でも有名の刀屋である。先月の末に、五兵衛がいつもの通り商売に出て、山城屋の裏口へゆくと、かねて顔を識《し》っている女中が紙屑を売ってくれた末に、おまえの家の子供にこれを持って行ってやらないかと云って、かの蛙の水出しをくれた。五兵衛はよろこんで貰って帰って、それを自分の子供の玩具にさせると、二日ばかりで其の子は急病で死んだ。それが更に大工の子供の手に渡って、その子はその日におなじく急病で死んだのであった。

それらの事情が判明して、引合いの者一同はひと先ず自宅へ戻された。しかし水出しのことは決して口外してはならぬと堅く申し渡された。その後十日《とおか》ばかりは何事もなかったが、盂蘭盆《うらぼん》が過ぎると、山城屋の女房お菊と、女中のお咲が奉行所へ呼び出された。この二人は再び帰宅を許されないので、世間ではいろいろの噂《うわさ》をしていると、九月の中頃にその裁判が落着《らくぢゃく》して、女中のお咲は遠島、女房のお菊は死罪という恐ろしい申し渡しを受けたので、当の山城屋は勿論、世間ではびっくりした。

したがって、それに就いていろいろの風説が伝えられたが、その真相はこうであった。お菊は後妻で、ことし八つになる惣領《そうりょう》息子をふだんから邪魔物にしていた。世間によくある習いで、彼女はおそろしい継母《ままはは》根性からその惣領息子を亡《な》きものにしようとたくらんで、子供の玩具として蛙の水出しを買って来た。水出しの一端を水の中へ挿し込んで置いても、なかなか自然に水をふき出すものではない。俗に吸い出しをかけると云って、最初に一方の蛙の口へ人間の口をあてて水を吸い出してやらなければならない。一度そうすると、それからは自然に水を噴き出すようになる。それであるから、この水出しをもてあそぶものは必ず一度は自分の口で蛙の口を吸わなければならない。水の出ようの悪いときには、二度も三度も蛙の口を吸うことがある。これまで説明すれば、もう委《くわ》しく云う必要はあるまい。お菊は陶器の蛙に一種の毒薬を塗りつけて置いたのであった。

しかし彼女はそれを継子《ままこ》に与えようとしてさすがに躊躇《ちゅうちょ》した。彼女はその陰謀のおそろしいのにおびやかされて、結局それを中止することにしたが、さてその水出しの処分に困って、女中のお咲に命じて芝浦の海へそっと捨てて来いと云った。勿論、お咲がそのまま海へ投げ込んでしまえば何事もなかったのであるが、その秘密を知らない彼女はわざわざ捨てにゆくのも面倒だと思って、それを恰《あたか》も来あわせた紙屑屋の五兵衛にやったので、その蛙の口を吸った五兵衛の子供が先ず死んだ。つづいて由五郎の子供が死んだ。一つの水出しが二人の子供を殺すような惨事が出来《しゅったい》した。

たとい半途で中止したとしても、継子を毒殺しようと企てただけでもお菊は何等かの罪を受けなければならなかった。殊《こと》にそれがために、紙屑屋の子を殺し、大工の子を殺し、あわせてその母を殺すような事件を仕出来《しでか》したのであるから、その時代の法として普通の死罪はむしろ軽いくらいであった。お咲はなんにも知らないとはいえ、主命にそむいて其の水出しを他人《ひと》にやった為《ため》に、こういう結果を生み出したのであるから、これも重い刑罪を免かれることは出来なかった。

奉行所の記録に残っているのは、ただこれだけの事実であって、お菊がどこからこんな恐ろしい毒薬を手に入れたかをしるしていない。お菊がそれを白状したらば、その毒薬をあたえた者は当然処刑を受くべき筈であるが、申渡書には単にお菊とお咲をしるしてあるばかりで、ほかの関係者のことはなんにも見えない。したがって、単に毒薬というばかりで、その薬の種類などは今から想像することは出来ない。

「いや、実はその毒薬をやった医者も判っているんですがね」と、半七老人はここで註を入れた。

「そいつはなかなか素捷《すばや》い奴で、山城屋の女房と女中が奉行所へ呼ばれたと聞くと、すぐに夜逃げをして、どこへ行ったか判らなくなったんです。そのうち例の瓦解《がかい》で、江戸も東京となってしまいましたから、詮議もそれぎりで消えました。運のいい奴ですね」

「そうすると、その水出しのことはあなたの種出しなんですね」

「お通夜の晩に、紙屑屋の女房がふと水出しのことをしゃべったのが手がかりで、こんな大事件をほじくり出してしまいました。いつかあなたに『筆屋の娘』のお話をしたことがありましょう。あれはこの翌月のことで、世間に似たようなことは幾らもあるもんです」

津の国屋

一

秋の宵であった。どこかで題目太鼓の音《ね》がきこえる。この場合、月並の鳴物だとは思いながらも、じっと耳をすまして聴いていると、やはり一種のさびしさを誘い出された。

「七偏人が百物語をしたのは、こんな晩でしょうね」と、わたしは云《い》い出した。

「そうでしょうよ」と、半七老人は笑っていた。「あれは勿論《もちろん》つくり話ですけれど、百物語なんていうものは、昔はほんとうにやったもんですよ。なにしろ江戸時代には馬鹿《ばか》に怪談が流行《はや》りましたからね。芝居にでも草双紙にでも無暗《むやみ》にお化けが出たもんです」

「あなたの御商売の畑にもずいぶん怪談がありましょうね」

「随分ありますが、わたくし共の方の怪談にはどうもほんとうの怪談が少なくって、しまいへ行くとだんだんに種の割れるのが多くって困りますよ。あなたにはまだ津の国屋のお話はしませんでしたっけね」

「いいえ、伺いません。怪談ですか」

「怪談です」と、老人はまじめにうなずいた。「しかもこの赤坂にあったことなんです。これはわたくしが正面から掛り合った事件じゃありません。桐畑の常吉という若い奴《やつ》が働いた仕事で、わたくしはその親父《おやじ》の幸右衛門という男の世話になったことがあった関係上、蔭《かげ》へまわって若い者の片棒をかついでやったわけですから、いくらか聞き落しもあるかも知れません。なにしろ随分入り組んでいる話で、ちょいと聴くと何だか嘘《うそ》らしいようですが、まがいなしの実録、そのつもりで聴いて下さい。昔と云っても、たった三四十年前ですけれども、それでも世界がまるで違っていて、今の人には思いも付かないようなことが時々ありました」


赤坂裏伝馬町《うらてんまちよう》の常磐津《ときわず》の女師匠文字春が堀の内の御祖師様へ参詣《さんけい》に行って、くたびれ足を引き摺《ず》って四谷の大木戸まで帰りついたのは、弘化《こうか》四年六月なかばの夕方であった。赤坂から堀の内へ通うには別に近道がないでもなかったが、女一人であるからなるべく繁華な本街道を選んだのと、真夏の暑い日ざかりを信楽《しがらき》の店で少し休んでいたのとで、女の足でようよう江戸へはいったのは、もう夕六ツ半（七時）をすぎた頃で、さすがに長いこの頃の日もすっかり暮れ切ってしまった。

甲州街道の砂を浴びて、気味のわるい襟元の汗をふきながら、文字春は四谷の大通りをまっすぐに急いでくる途中で、彼女は自分のあとに付いてくる十六七の娘を見かえった。

「姐《ねえ》さん。おまえさん何処《どこ》へ行くの」

この娘は、さっきから文字春のあとになり先になって、影のように付きまとって来るのであった。うす暗がりでよくは判《わか》らないが、路傍《みちばた》の店の灯でちらりと見たところは、色の蒼白《あおじろ》い、瘠《や》せ形の娘で、髪は島田に結《ゆ》って、白地に撫子《なでしこ》を染め出した中形《ちゅうがた》の浴衣《ゆかた》を着ていた。

唯《ただ》それだけなら別に仔細《しさい》もないのであるが、彼女はとかくに文字春のそばを離れないで、あたかも道連れであるかのようにこすり付いて歩いてくる。それがうるさくもあったが、おそらく若い娘の心寂しいので、ただ何がなしに人のあとを追って来るのであろうと思って、初めは格別に気にも止めなかったが、あまりしつこく付きまとって来るので、文字春もしまいには忌《いや》な心持になった。なんだか薄気味悪くもなって来た。

しかし相手は孱細《かぼそ》い娘である。まさかに物取りや巾着切《きんちゃっき》りでもあるまい。文字春は今年二十六で、女としては大柄の方であった。万一相手の娘がよくない者で、だしぬけに何かの悪さを仕掛けたとしても、やみやみ彼女に負かされる程のこともあるまいと多寡《たか》をくっていたので、文字春はさのみ怖いとも恐ろしいとも思っていなかったのであるが、何分にも自分のあとを付け廻してくるのが気になってならなかった。彼女はだんだんに気味が悪くなって来て、物取りや巾着切りなどということを通り越して、なにか一種の魔物ではないかとも疑いはじめた。死に神か通り魔か、狐《きつね》か狸《たぬき》か、なにかの妖怪《ようかい》が自分に付きまつわって来るのではないかと思うと、文字春は俄《にわ》かにぞっとした。彼女はもう強がってはいられなくなって、数珠《じゆず》をかけた手をそっとあわせて、口のうちでお題目を一心に念じながら歩いて来たのであった。それでも無事に大木戸を越して、もう江戸へはいったと思うと、彼女は又すこし気が強くなった。灯ともし頃とはいいながら、賑《にぎ》やかな真夏のゆうがたで、両側には町屋《まちや》もある。かれはここまで来た時に、はじめて思い切ってその娘に声をかけたのである。声をかけられて、娘は低い声で遠慮勝ちに答えた。

「はい。赤坂の方へ……」

「赤坂はどこです」

「裏伝馬町というところへ……」

文字春はまたぎょっとした。本来ならば丁度いい道連れともいうべきであるが、この場合に彼女はとてもそんなことを考えてはいられなかった。彼女はどうして此《こ》の娘が自分のゆく先を知っているのであろうと怪しみ恐れた。彼女は左右を見かえりながら又訊《き》いた。

「おまえさんは裏伝馬町のなんという家《うち》を訪ねて行くの」

「津の国屋という酒屋へ……」

「そうして、おまえさんは何処から来たの」

「八王子の方から」

「そう」

とは云ったが、文字春はいよいよおかしく思った。近いところと云っても、八王子から江戸の赤坂まで辿《たど》って来るのは、この時代では一つの旅である。しかも見たところでは、この娘はなんの旅支度もしていない。笠《かさ》もなく、手荷物もなく、草鞋《わらじ》すらも穿《は》いていない。彼女は浴衣の裳《すそ》さえも引き揚げないで、麻裏の草履を穿いているらしかった。若い女がこんな悠長らしい姿で八王子から江戸へ来る――それがどうも文字春の腑《ふ》に落ちなかった。しかし一旦《いったん》こうして詞《ことば》をかけた以上、こっちも逃げ出すわけにもゆかず、先方でもいよいよ付きまとって離れまいと思ったので、彼女はよんどころなく度胸を据えて、この怪しい道連れの娘と話しながら歩いた。

「津の国屋に誰か知っている人でもあるの」

「はい。逢《あ》いにいく人があります」

「なんという人」

「お雪さんという娘《こ》に……」

お雪というのは津の国屋の秘蔵娘で、文字春のところへ常磐津の稽古《けいこ》に来るのであった。怪しい娘が自分の弟子をたずねてゆく――文字春は更に不安の種をました。お雪は今年十七で、町内でも評判の容貌好《きりようよ》しである。津の国屋は可なりの身代《しんだい》で、しかも親達が遊芸を好むので師匠にとっては為《ため》になる弟子でもあった。文字春は自分の大切な弟子の身の上がなんとなく危ぶまれるので、根掘り葉ほりに詮索《せんさく》をはじめた。

「そのお雪さんを前から識《し》っているの」

「いいえ」と、娘は微《かす》かに答えた。

「一度も逢ったことはないの」

「逢ったことはありません。姉さんには逢いましたけれど……」

文字春はなんだか忌な心持になった。お雪の姉のお清は、今から十年前に急病で死んだのである。それにしても此の娘がどうしてそのお清を識っているのかを、彼女は更に詮議しなければならなかった。

「死んだお清さんはお前さんのお友達なの」

娘は黙っていた。

「おまえさんの名は」

娘はやはり俯向《うつむ》いてなんにも云わなかった。こんなことを云っているうちに、あたりはもう夜の景色になって、そこらの店先の涼み台では賑やかな笑い声もきこえた。それでも文字春はなんだかうしろが見られて、どうしてもこの怪しい娘に対する疑いが解けなかった。彼女は黙ってあるきながら横眼に覗《のぞ》くと、娘の島田はむごたらしいように崩れかかって、その後《おく》れ毛が蒼白い頬の上にふるえていた。文字春は絵にかいた幽霊を思い出して、いよいよ薄気味悪くなって来た。いくら賑やかな町なかでも、こんな女と連れ立ってあるくのは、どう考えてもいい心持ではなかった。

四谷の大通りを行き尽すと、どうしても暗い寂しい御堀端を通らなければならない。文字春は云い知れない不安に襲われながら、明るい両側の灯をうしろに見て、御堀端を右に切れると、娘はやはり俯向いて彼女について来た。松平佐渡守《さどのかみ》の屋敷前をゆき過ぎて、間《あい》の馬場まで来かかった時に、娘のすがたは暗い中にふっと消えてしまった。おどろいて左右を見まわしたが、どこにも見えない。呼んでみたが返事もない。文字春はぞっとして惣身《そうみ》が鳥肌になった。彼女はもう前へ進む勇気はないので、転《ころ》げるように元来た方面へ引っ返して、大通りの明るいところへ逃げて来た。

「おい、師匠。どうした」

声をかけられてよく視《み》ると、それは同町内に住んでいる大工の兼吉であった。

「あ、棟梁《とうりよう》」

「どうした。ひどく息を切って、何かいたずら者にでも出っ食わしたのかえ」

「え。そうじゃないけれど……」と、文字春は息をはずませながら云った。「おまえさん、町内へ帰るんでしょう」

「そうさ。友達のところへ行って、将棋をさしていて遅くなっちまったのさ。師匠は一体どっちの方角へ行くんだ」

「あたしも家へ帰るの。後生《ごしょう》だから一緒に行ってくださいな」

兼吉はもう五十ばかりであるが、男でもあり、職人でもあり、こういう時の道連れには屈竟《くっきょう》だと思われたので、文字春はほっとして一緒にあるきだした。それでも馬場の前を通りぬける時には襟元から水を浴びせられるように身をちぢめながら歩いた。さっきからの様子がおかしいので、兼吉はなにか仔細があるらしく思って、暗い堀端を歩きながらだんだん聞き出すと、文字春は声を忍ばせながら一切の事情を話した。

「あたしは最初からなんだか気味が悪くってしようがなかったんですよ。別にこうということもないんですけれど、唯なんだか忌な心持で……。そうすると、とうとう途中でふいと消えてしまうんですもの。あたしは夢中で四谷の方へ逃げだして、これからどうしようかと思っているところへ丁度棟梁が来てくれたので、あたしも生きかえったような心持になったんですよ」

「そりゃあ少し変だ」と、兼吉も暗いなかで声を低めた。「師匠。その娘は十六七で、島田に結《ゆ》っていたと云ったね」

「そうよ。よく判らなかったけれど、色の白い、ちょいといい娘《こ》のようでしたよ」

「なんで津の国屋へ行くんだろう」

「お雪さんに逢いに行くんだって……。お雪さんには初めて逢うんだけれど、死んだ姉さんには逢ったことがあるようなことを云っていました」

「むむう。そりゃあいけねえ」と、兼吉は溜息《ためいき》をついた。「又来たのか」

文字春は飛び上がって、兼吉の手をしっかりと摑《つか》んだ。彼女は唇をふるわせて訊いた。

「じゃあ、棟梁。おまえさん、あの娘を知っているのかえ」

「むむ。可哀《かわい》そうに、お雪さんも長いことはあるめえ」

文字春はもう声が出なくなった。かれは兼吉の手に獅噛《しが》み付いたままで、ふるえながら引き摺られて行った。

二

自分の家《うち》の前まで無事に送り届けて貰《もら》って、文字春は初めてほんとうに自分の魂を取り戻したような心持になった。彼女は自分を送って来てくれた礼心に、兼吉を内へ呼び込んで、茶でも一杯のんで行けと勧めた。彼女は小女《こおんな》と二人暮しであるので、すぐその小女を使に出して、近所へ菓子を買いにやりなどした。兼吉もことわり兼ねてあがり込むと、文字春は団扇《うちわ》をすすめながら云った。

「ほんとうに今夜はおかげさまで助かりました。信心まいりも的《あて》にゃあならない。あたしは余っぽど罪が深いのかしら。それにしても気になってならないのは……。あの娘が津の国屋へたずねて行くというのは、一体どういう訳なんでしょうね」

彼女は兼吉を無理に呼び込んだのも、実はこの恐ろしそうな秘密を聞き出したいためであった。兼吉も初めはいい加減に詞《ことば》をにごしていたが、自分がうっかり口をすべらしてしまった以上、その詞質《ことばじち》を取って問い詰めるので、彼もとうとう白状しないわけには行かなくなった。

「出入り場の噂《うわさ》をするようで良くねえが、師匠はおいらから見ると半分も年が違うんだから、なんにも知らねえ筈《はず》だ。その娘《こ》は自分の名をなんとか云ったかえ」

「いいえ。こっちで訊いても黙っているんです。おかしいじゃありませんか」

「むむ。おかしい。その娘の名はお安というんだろうと思う。八王子の方で死んだ筈だ」

文字春はいよいよ身を固くして、ひと膝《ひざ》のり出した。

「そうです、そうですよ。八王子の方から来たと云っていましたよ。じゃあ、あの娘は八王子の方で死んだんですか」

「なんでも井戸へ身を投げて死んだという噂だが、遠いところの事だから確かには判らねえ。身を投げたか首をくくったか、どっちにしても変死には違《ち》げえねえんだ」

「まあ」と、文字春は真《ま》っ蒼《さお》になった。「一体どうして死んだんでしょうね」

「こんなことは津の国屋でも隠しているし、おいら達も知らねえ顔をしているんだが、おめえは今夜その道連れになって来たというから、まんざら係り合いのねえこともねえから」

「あら、棟梁、忌《いや》ですよ。あたしなんにも係り合いなんぞありゃしませんよ」

「まあさ。ともかくも其《そ》の娘と一緒に来たんだから、まんざら因縁のねえことはねえ。それだから内所《ないしょ》でおめえにだけは話して聞かせる。だが、世間には沙汰《さた》無しだよ。おいらがこんな事をしゃべったなんていうことが津の国屋へ知れると、出入り場を一軒しくじるような事が出来るかも知れねえから。いいかえ」

文字春は黙ってうなずいた。

「おいらも遠い昔のことはよく知らねえが、親父なんぞの話を聞くと、あの津の国屋という家《うち》は三代ほど前から江戸へ出て来て、下谷《したや》の津の国屋という酒屋に奉公していたんだが、三代前の主人というのはなかなかの辛抱人で、津の国屋の暖簾《のれん》を分けて貰ってこの町内に店を出したのが始まりで、とんとん拍子に運が向いてきて、本家の津の国屋はとうに潰《つぶ》れてしまったが、こっちはいよいよ繁昌《はんじょう》になるばかりで、二代目三代目と続いて来た。ところが、今度の主人夫婦になってから子供が出来ねえ。主人はもう三十を越したもんだから、早く貰い子でもせざあなるめえというので、八王子にいる遠縁のものからお安という娘を貰って、まあ可愛《かわい》がって育てていたんだ。すると、そのお安が十歳《とお》になった時に、今まで子種がねえと諦《あきら》めていたおかみさんの腹が大きくなって、女の子が生まれた。それがお清という娘で、貰《もら》い娘《こ》のお安と姉妹《きょうだい》のように育てていたが、そうなると人情で生みの子が可愛い、貰い娘が邪魔になる。といって、世間の手前もあり、貰い娘の親たちへの義理もあり、かたがたどうすることも出来ないので、ゆくゆくはお清に家督を嗣《つ》がせ、貰い娘の方には婿《むこ》を取って分家させるというようなことを云っていたんだが、そうなると今度は又金が惜しい。分家させるには相当の金が要《い》る。こんなことから貰い娘をだんだん邪魔にし始めて……。といっても、世間の眼に立つようなことはしない。うわべは生みの娘と同じように育てているうちに、二番目の娘がまた生まれた。それが今のお雪さんだ。そうして実子が二人まで出来てみると、貰い娘の方はいよいよ邪魔になるだろうじゃねえか」

「ほんとうにねえ」と、文字春も溜息をついた。「いっそ貰い子が男だと、妻《めあ》わせるということも出来るんだけれど、みんな女じゃどうにもなりませんわね」

「それだから困る。いっそ其のわけを云って、貰い娘は八王子の里へ戻してしまったらよさそうなものだったが、そうもゆかねえ訳があると見えて、その貰い娘のお安ちゃんが十七になった時に、とうとう追い出してしまった。勿論、ただ追い出すという訳にゃゆかねえ。店へ出入りの屋根屋の職人と情交《わけ》があるというので、それを廉《かど》に追い返してしまったんだ」

「そんなことは嘘なんですか」

「どうも嘘らしい」と、兼吉は首をふった。「その職人は竹と云って、年も若し、面付《つらつき》こそ人並だが、酒はのむ、博奕《ばくち》は打つ、どうにもこうにもしようのねえ野郎だ。お安ちゃんはおとなしい娘だ。よりに択《よ》ってあんな野郎とどうのこうのというわけがねえ。それでも津の国屋ではそれを云い立てにして、着のみ着のまま同様でお安ちゃんを里へ追い返してしまったんだ。世間にこそ知れねえが、それまでにも内輪《うちわ》では貰い娘を何か邪慳《じゃけん》にしたこともあるだろうし、お安という娘もなかなか利巧者だから、親たちの胸のうちも大抵さとっていたらしい。それだから、いよいよ追い出される時には大変に口惜しがって、自分は貰い子だから実子が出来た以上、離縁されるのも仕方がない。けれども、ほかの事と違って、そんな淫奔《いたずら》をしたという濡衣《ぬれぎぬ》をきせて追い出すというのはあんまりだ。里へ帰って親兄弟や親類にも顔向けが出来ない。きっとこの恨みは晴らしてやるというようなことを、仲のいい老婢《ばあや》に泣いて話したそうだ」

「まあ、可哀そうだわねえ」と、文字春も眼をうるませた。「それからどうしたの」

「それから八王子へ帰って、間もなく死んでしまったという噂だ。今もいう通り、身を投げたか首をくくったか知らねえが、なにしろ津の国屋を恨んで死んだに相違ねえ。娘はまあそれとして、その相手と決められた屋根屋の竹の野郎がおとなしく黙っているのがおかしいと思っていると、それからふた月ばかり経《た》たねえうちに、ちょうど夏の炎天に出入り場の高い屋根へあがって仕事をしている時、どうしたはずみか真《ま》っ逆《さか》さまにころげ落ちて、頭をぶち割ってそれぎりよ。そうなると世間では又いろいろのことを云って、竹の野郎は津の国屋から幾らか貰って、得心《とくしん》ずくで黙っていたに相違ねえ。あいつが変死をしたのは娘のおもいだと、まあこういうんだ」

「怖いわねえ。悪いことは出来ないわねえ」と、文字春は今更のように溜息をついた。

「どっちにしてもお安という娘は死ぬ、その相手だという竹の野郎もつづいて死ぬ。それでまあ市《いち》が栄えたという訳なんだが、ここに一つ不思議なことは、忘れもしねえ今から丁度十年前……。これは師匠も知っているだろうが、津の国屋の実子のお清さんがぶらぶら病いで死んでしまった。そりゃあ老少不定《ろうしょうふじょう》で寿命ずくなら仕方もねえわけだが、その死んだのが丁度十七の年で、先《せん》のお安という娘と同い年だ。お安も十七で死んだ。お清も十七で死んだ。こうなるとちっとおかしい。表向きには誰もなんとも云わねえが、先の貰い娘の一件を知っているものは、蔭でいろいろのことを云っている。それにもう一つおかしいのは、あのお清さんの死ぬ前にちょうど今夜のようなことがあったんだ」

「棟梁」

「いや、おどかす訳じゃあねえ」と、兼吉はわざと笑ってみせた。「実はね、津の国屋の惣領娘がわずらいつく二、三日まえの晩に、近所の者が外へ出ると、町内の角で一人の娘に逢った。娘は撫子《なでしこ》の模様の浴衣《ゆかた》を着て……」

「もう止《よ》してください。わかりましたよ」と、文字春はもう身動きが出来なくなったらしく、片手を畳に突いたままで眼を据えていた。

「いや、もうちっとだ。その娘がどうしても津の国屋の貰い娘のお安ちゃんに相違ねえので、思わず声をかけようとすると、娘の姿は消えてしまったという話だ。おいらもその話をかねて聞いていたが、なにを云うのかと思って碌《ろく》に気にも留めずにいたが、今夜の師匠の話を聴いてみると、成程それも嘘じゃなかったらしい。そのお安ちゃんが又お迎いにやって来たんだ。津の国屋のお雪ちゃんは今年十七になったからね」

台所でかたりという音がきこえたので、文字春はまたぎょっとした。菓子を買いに行った小女が今ようやく帰って来たのであった。

三

文字春はその晩おちおち眠られなかった。撫子の浴衣を着た若い女が蚊帳《かや》の外から覗いているような夢におそわれて、少しうとうとするかと思うとすぐに眼がさめた。あいにくに蒸し暑い夜で、彼女の枕紙《まくらがみ》はびっしょり濡れてしまった。あくる朝も頭が重くて胸がつかえて、あさ飯の膳《ぜん》にむかう気にもなれなかった。きのう遠路《とおみち》を歩いたので暑さにあたったのかも知れないと、小女の手前は誤魔かしていたが、彼女の頭のなかは云い知れない恐怖に埋められていた。仏壇には線香を供えて、彼女はよそながらお安という娘の回向《えこう》をしていた。

近所の娘たちはいつもの通りに稽古に来た。津の国屋のお雪も来た。お雪の無事な顔をみて、文字春はまずほっと安心したが、そのうしろには眼にみえないお安の影が付きまとっているのではないかと思うと、彼女はお雪と向い合うのがなんだか薄気味悪かった。稽古が済むと、お雪はこんなことを云い出した。

「お師匠《しょ》さん、ゆうべは変なことがあったんですよ」

文字春は胸をおどらせた。

「かれこれ五ツ半（午後九時）頃でしたろう」と、お雪は話した。「あたしが店の前の縁台に腰をかけて涼んでいると、白地の浴衣を着た……丁度あたしと同い年くらいの娘が家の前に立って、なんだか仔細ありそうに家の中をいつまでも覗いているんです。どうもおかしな人だと思っていると、店の長太郎も気がついて、なにか御用ですかと声をかけると、その娘は黙ってすうと行ってしまったんです。それから少し経つと、知らない駕籠《かご》屋が来て駕籠賃をくれと云いますから、それは間違いだろう、ここの家で駕籠なんかに乗った者はないと云うと、いいえ、四谷見附のそばから娘さんを乗せて来ました。その娘さんは町内の角で降りて、駕籠賃は津の国屋へ行って貰ってくれと云ったから、それでここへ受け取りに来たんだと云って、どうしても肯《き》かないんです」

「それから、どうして……」

「それでも、こっちじゃ全く覚えがないんですもの」と、お雪は不平らしく云った。

「番頭も帳場から出て来て、一体その娘はどんな女だと訊くと、年ごろは十七八で撫子の模様の浴衣を着ていたと云うんです。してみると、たった今ここの店を覗いていた娘に相違ない。そんないい加減なことを云って、駕籠賃を踏み倒して逃げたんだろうと云っていると、奥からお父っさんが出て来て、たとい嘘にもしろ、津の国屋の暖簾を指《さ》されたのがこっち不祥だ。駕籠屋さんに損をさせては気の毒だと云って、むこうの云う通りに駕籠賃を払ってやったら、駕籠屋も喜んで帰りました。お父っさんはそれぎりで奥へはいってしまって、別になんにも云いませんでしたけれど、あとで店の者たちは、ほんとうに今どきの娘は油断がならない。あんな生若《なまわか》い癖に駕籠賃を踏み倒したりなんかして、あれがだんだん増長すると騙《かた》りや美人局《つつもたせ》でもやり兼ねないと……」

「そりゃ全くですわね」

なにげなく相槌《あいづち》を打っていたが、文字春はもう正面からお雪の顔を見ていられなくなった。騙りや美人局どころの話ではない。かの娘の正体がもっともっと恐ろしいものであることを、お雪は勿論、店の者たちも知らないのである。そのなかで主人一人がなんにも云わずに素直に駕籠賃を払ってやったのは、さすがに胸の奥底に思いあたることがあるからであろう。お安の魂は、御堀端で自分に別れてから、さらに駕籠屋に送られて津の国屋まで乗り込んで来たのである。なんにも知らないで其の話をしているお雪のうしろには、きっと撫子の浴衣の影が煙《けむ》のように付きまつわっているに極まった。それを思うと、文字春は恐ろしくもあり、また可哀そうでもあった。

慾得《よくとく》ずくばかりでなく、かれは弟子師匠の人情から考えても、久しい馴染《なじみ》の美しい弟子がやがて死霊《しりょう》に憑《と》り殺されるのかと思うと、あまりの痛ましさに堪《た》えなかった。さりとてほかの事とは違って、迂闊《うかつ》に注意することもできない。それが親達の耳にはいって、師匠はとんでもないことを云うと掛け合い込まれた時には、表向きにはなんとも云い訳ができない。もう一つには、そんなことをうっかりお雪に注意して、自分が死霊の恨みをうけては大変である。それやこれやを考えると、文字春はこのまま口を閉じてお雪を見殺しにするよりほかはなかった。

重ねがさね忌な話ばかり聞かされるのと、ゆうべ碌々に眠らなかった疲れとで、文字春はいよいよ気分が悪くなって、午《ひる》からは稽古を休んでしまった。そうして、仏壇に燈《とう》明《みょう》を絶やさないようにして、ゆうべ道連れになったお安の成仏《じょうぶつ》を祈り、あわせてお雪と自分との無事息災を日頃信心する御祖師様に祈りつづけていた。その晩も彼女はやはりおちおち眠られなかった。

あくる日も朝から暑かった。お雪は相変らず稽古に来たので、文字春はまず安心した。

こうして二日も三日も無事につづいたので、彼女が恐怖の念も少し薄らいできて、夜もはじめて眠られるようになった。しかし撫子の浴衣を着たお安の亡霊がたしかに自分と道連れになって来たことを考えると、まだ滅多《めった》に油断はできないと危ぶんでいると、それから五日目になって、お雪は稽古に来た時にこんなことを又話した。

「阿母《おっか》さんがきのうの夕方、飛んでもない怪我《けが》をしましたの」

「どうしたんです」と、文字春は又ひやりとした。

「きのうの夕方もう六ッ過ぎでしたろう。阿母さんが二階へなにか取りに行くと、階子《はしご》のうえから二段目のところで足を踏みはずして、まっさかさまに転げ落ちて……。それでもいい塩梅《あんばい》に頭を撲《ぶ》たなかったんですけれど、左の足を少し挫《くじ》いたようで、すぐにお医者にかかってゆうべから寝ているんです」

「足を挫いたのですか」

「お医者はひどく挫いたんじゃないと云いますけれど、なんだか骨がずきずき痛むと云って、けさもやっぱり横になっているんです。いつもは女中をやるんですけれど、ゆうべに限って自分が二階へあがって行って、どうしたはずみか、そんな粗相《そそう》をしてしまったんです」

「そりゃほんとうに飛んだ御災難でしたね。いずれお見舞にうかがいますから、どうぞ宜《よろ》しく」

お安の祟《たた》りがだんだん事実となって現われて来るらしいので、文字春は身もすくむようにおびやかされた。気のせいか、お雪の顔色も少し蒼ざめて、帰ってゆくうしろ姿も影が薄いように思われた。何にしてもそれを聞いた以上、彼女は知らない顔をしているわけにもゆかないので、進まないながらも其の日の午すぎに、近所で買った最中《もなか》の折《おり》を持って、津の国屋へ見舞に行った。津の国屋の女房お藤はやはり横になっていたが、けさにくらべると足の痛みは余ほど薄らいだとのことであった。

「お稽古でお忙がしい処《ところ》をわざわざありがとうございました。どうも思いもよらない災難で飛んだ目に逢いました」と、お藤は眉《まゆ》をしかめながら云った。「なに、二階の物干へ洗濯物を取込みに上がったんです。いつも女中がするんですけれど、その女中が怪我《けが》をしましてね。井戸端で水を汲《く》んでいるうちに、手桶《ておけ》をさげたまますべって転んで、これも膝っ小僧を擦り剝《む》いたと云って跛足《びっこ》を引いているもんですから、わたしが代りに二階へあがると又この始末です。女の跛足が二人も出来てしまって、ほんとうに困ります」

それからそれへと死霊《しりょう》の祟りがひろがってくるらしいので、文字春はいよいよ恐ろしくなった。こんなところにとても長居はできないので、かれは早々に挨拶《あいさつ》をして逃げ出して来た。明るい往来に出て、初めてほっとしながら見かえると、津の国屋の大屋根に大きな鴉《からす》が一匹じっとして止まっていた。それが又なんだか仔細ありそうにも思われたので、文字春はいよいよ急いで帰って来た。そのうしろ姿を見送って、鴉は一と声高く鳴いた。

津の国屋の女房はその後十日《とおか》ほども寝ていたが、まだ自由に歩くことが出来なかった。そのうちに文字春は又こんな忌な話を聞かされた。津の国屋の店の若い者が、近所の武家屋敷へ御用聞きにゆくと、その屋根瓦《がわら》の一枚が突然その上に落ちて来て、彼は右の眉のあたりを強く打たれて、片目がまったく腫《は》れふさがってしまった。その若い者は長太郎といって、このあいだの晩、自分の店先で撫子の浴衣を着た娘に声をかけた男であることを、文字春はお雪の話で知った。おそろしい祟りはそれからそれへと手をひろげて、津の国屋の一家眷属《いっかけんぞく》にわざわいするのではあるまいか。津の国屋ばかりでなく、しまいには自分の身のうえにまで振りかかって来るのではあるまいかと恐れられて、文字春は実に生きている空もなかった。

かれは程近い円通寺のお祖師様へ日参《にっさん》をはじめた。

四

津の国屋の女房お藤の怪我はどうもはかばかしく癒《なお》らなかった。何分にも足の痛みどころであるから、それを悪くこじらせて打ち身のようになっても困るという心配から、そのころ浅草の馬道《うまみち》に有名な接骨《ほねつぎ》の医者があるというので、赤坂から馬道まで駕籠に乗って毎日通うことにした。

七月の初め、むかしの暦でいえばもう秋であるが、残暑はなかなか強いのと、その医者は非常に繁昌で、少し遅く行くといつまでも玄関に待たされるおそれがあるのとで、お藤は努めて朝涼《あさすず》のうちに家を出ることにしていた。けさも明け六ツ（午前六時）を少しすぎた頃に津の国屋の店を出て、お藤は待たせてある駕籠に乗る時にふと見ると、一人の僧が自分の家にむかって何か頻《しき》りに念じているらしかった。この間じゅうからいろいろの禍《わざわ》いがつづいている矢先であるので、お藤はなんとなく気にかかって、そのまま見過ごしてゆくことが出来なくなった。かれは立ち停まって、じっとその僧の立ち姿を見つめていると、彼女を送って出た小僧の勇吉も、黙って不思議そうに眺めていた。

僧は四十前後で、まず普通の托鉢僧《たくはつそう》という姿であった。托鉢の僧が店のさきに立つ――それは別にめずらしいことでもなかったが、ここらでかつて見馴れない出家であるのと、気のせいか彼の様子が何となく普通とは変って見えるので、お藤は駕籠によりかかったままでしばらく眺めていると、僧はやがて店の前を立ち去って、お藤の駕籠のそばを通りすぎる時に、口のうちでつぶやくように云うのが聞えた。

「凶宅じゃ。南無阿弥陀仏、なむあみだぶつ」

「あ、もし」と、お藤は思わず彼をよび止めた。「御出家様にちょいと伺いますが、何かこの家に悪いことでもございますか」

「死霊の祟りがある。お気の毒じゃが、この家は絶えるかも知れぬ」

こう云い捨てて彼は飄然《ひょうぜん》と立ち去った。お藤は蒼くなって跛足をひきながら内へころげ込んで、夫の次郎兵衛にそれを訴えると、次郎兵衛も一旦は眉を寄せたが又思い直したように笑い出した。

「坊主《ぼうず》なんぞは兎角《とかく》そんなことを云いたがるものだ。ここの家に怪我人がつづいたということを何処からか聞き込んで来て、こっちの弱味に付け込んでなにか嚇《おど》かして祈禱《きとう》料でもせしめようとするのだ。今どきそんな古い手を食ってたまるものか。きっと見ろ。あした又やって来て同じようなことを云うから」

「そうですかねえ」

夫の云うことにも成程とうなずかれる節があるので、お藤は半信半疑でそのままに駕籠に乗った。しかも其の僧の姿が眼先にちら付いて、彼女は浅草へゆく途中も頻りにその真偽を疑っていたが、往《い》きにも復《かえ》りにも別に変った出来事もなかった。あくる朝、かの僧は津の国屋の店先に姿を見せなかった。そうなると、一種の不安がお藤の胸にまた湧《わ》いて来た。かの僧が果たして人を嚇して何分かの祈禱料をせしめる料簡《りょうけん》であるならば、嚇したままで姿を見せない筈はあるまい。彼が再びこの店先に立たないのをみると、やはりそれは真実の予言で、彼は夫がひと口に貶《けな》してしまったような商売ずくの卑《いや》しい売《まい》僧《す》ではないと思われた。店の者にも注意して店先を毎日窺《うかが》わせたが、かの僧はそれぎり一度も姿をあらわさなかった。

勿論、店の者どもにも固く口止めをして置いたのであるが、小僧の巳之助が町内の湯屋でうっかりそれをしゃべったので、その噂はすぐに近所にひろまった。文字春の耳にもはいった。さなきだに此《こ》の間からおびえている彼女は、その噂を聞いていよいよ恐ろしくなった。彼女は往来で大工の兼吉に逢ったときにささやいた。

「ねえ、棟梁。どうかしようはないもんでしょうかね。お安さんの祟りで、津の国屋さんは今に潰れるかも知れませんよ」

「どうも困ったもんだ」

出入り場の禍いをむなしく眺めているのは、いかにも不人情のようではあるが、問題が問題であるだけに、差し当りどうすることも出来ないと、兼吉も顔をしかめながら云った。彼は文字春にむかって、いっそお前が津の国屋へ行って、お安の幽霊と道連れになったことを正直に話したらどうだと勧めたが、文字春は身ぶるいをして頭《かぶり》をふった。そんなことを迂闊に口走って、自分がどんな祟りを受けるかも知れないと、彼女はひたすら恐れていた。

こんなわけで、文字春は津の国屋の運命を危ぶむばかりでなく、自分の身の上までが不安でならなかった。彼女は毎日稽古に通ってくるお雪を見るのさえ薄気味悪くて、いつも其のうしろにはお安の亡霊が影のように付きまとっているのではないかと恐れられてならなかった。そのうちにこんな噂が又もや町内の女湯から伝わった。

津の国屋の女中でお松という、ことし二十歳《はたち》の女が、夜の四ッ（十時）少し前に湯屋から帰ってくると、薄暗い横町から若い女がまぼろしのように現われて、すれ違いながらお松に声をかけた。

「早く暇をお取んなさいよ。津の国屋は潰れるから」

びっくりして見返ると、その女の姿はもう見えなかった。お松は急に怖くなって息を切って逃げて帰った。主人にむかって真逆《まさか》にそんなことを打ち明けるわけにも行かないので、彼女は朋輩《ほうばい》のお米《よね》にそっと話すと、お米は又それを店の者どもに洩《も》らした。店の者ばかりでなく、女湯へ行ってもお米はそれを近所の人達に話した。それがまた町内の噂の種になった。

いつの代にも、すべてのことが尾鰭《おひれ》を添えて云い触らされるのが世間の習いである。まして迷信の強いこの時代の人たちは、こうした忌な噂がたびたび続くのを決して聞き流している者はなかった。噂はそれからそれへと伝えられて、津の国屋には死霊の祟りがあるということが、単に湯屋髪結床《かみゆいどこ》の噂話ばかりでなく、堅気《かたぎ》の商人《あきんど》の店先でもまじめにささやかれるようになって来た。

あしたが草市《くさいち》という日に、お雪はいつものように文字春のところへ稽古に来た。丁度ほかに相弟子のないのを見て、彼女は師匠に小声で話した。

「お師匠《しよ》さん。おまえさんもお聞きでしょう。あたしの家には死霊の祟りがあるとかいう噂を……」

文字春はなんと返事をしていいか、少しゆき詰まったが、どうも正直なことを云いにくいので、彼女はわざと空とぼけていた。

「へえ。そんなことを誰か云うものがあるんですか。まあ、けしからない。どういうわけでしょうかねえ」

「方々でそんなことを云うもんですから、お父っさんや阿母《おっか》さんももう知っているんです。阿母さんは忌な顔をして、あたしのこの足ももう癒《なお》らないかも知れないと云っているんですよ」

「なぜでしょうね」と、文字春は胸をどきつかせながら訊いた。

「なぜだか知りませんけれど」と、お雪も顔を曇らせていた。「お父っさんや阿母さんも其の噂をひどく気に病んで、丁度お盆前にそんな噂をされると何だか心持がよくないと云っているんですの。誰が云い出したんだか知りませんけれど、まったく気になりますわ。津の国屋の前には女の幽霊が毎晩立っているなんて、飛んでもないことを云われると、嘘だと思っても気味が悪うござんす」

文字春はお雪が可哀そうでならなかった。お雪はなんにも知らないに相違ない。知らなければこそ平気でそんなことを云っているのであろう。むしろ正直に何もかも打ち明けて、なんとか用心するように注意してやりたいとは思ったが、どうも思い切ってそれを云い出すほどの勇気がなかった。かれはいい加減の返事をして其の場を済ませてしまった。

盆休みが過ぎてから、お雪は師匠のところへ来て又こんなことを云った。

「お師匠さん。家《うち》のお父っさんは隠居して坊主となると云い出したのを、阿母さんや番頭が止めたんで、まあ思い止《とど》まることになったんですよ」

「坊主に……」と、文字春もおどろいた。「旦那《だんな》が坊主になるなんて、一体どうなすったんでしょうねえ」

十二日の朝、菩提寺《ぼだいじ》の住職が津の国屋へ来た。棚経《たなぎょう》を読んでしまってから、彼は近ごろ御親類中に御不幸でもござったかと訊いた。この矢先に突然そんなことを訊かれて、津の国屋の夫婦もぞっとした。併《しか》しなんにも心当りはないと答えると、住職は首をかしげて黙っていた。その素振りがなんとなく仔細ありそうにも見えたので、夫婦はだんだん問いつめると、この頃三夜ほど続いて、津の国屋の墓のまえに若い女の姿が煙《けむ》のように立っているのを、住職はたしかに見とどけたというのであった。着物の色模様ははっきりとは判らなかったが、白地に撫子を染め出してあったように見えたと、住職はさらに説明した。

それでもやはり心あたりはないと云い切って、夫婦は相当の御経料を贈って、住職を帰してやったが、その夕方からお藤の足はまた強く痛み出した。次郎兵衛も気分が悪いと云って宵から寝てしまった。夜なかに夫婦が交る交るに唸《うな》り出したので、家《うち》じゅうの者がおどろいて起きた。お藤の痛みは翌日幸いに薄らいだが、次郎兵衛はやはり気分が悪いと云って、飯も碌々に食わないで半日は寝たり起きたりしていたが、午《ひる》すぎから寺まいりに出て行った。しかしその晩、迎い火を焚《た》く時に、主人だけは門口《かどぐち》へ顔を出さなかった。

十五の送り火を焚いてしまってから、次郎兵衛は女房と番頭とを奥の間へ呼んで、自分はもう隠居すると突然云い出した。女房は勿論おどろいたが、番頭の金兵衛もびっくりして、主人にその仔細を聞き糺《ただ》したが、次郎兵衛はくわしい説明をあたえなかった。しかしそれが十三日の午すぎに寺まいりに行って、住職となにか相談の結果であるらしいことは想像された。主人が突然の隠居に対して、金兵衛はあくまでも反対であった。女房のお藤もやはり不同意で、たとい隠居するにしても、娘に相当の婿をとって初孫《ういまご》の顔でも見た上でなければならないと主張した。その押し問答のあいだに、次郎兵衛は単に隠居するばかりでなく、隠居と同時に出家《しゅつけ》する決心であることが判ったので、女房も番頭も又おどろいた。二人は涙を流して一晌《いっとき》あまりも意見して、どうにかこうにか主人の決心をにぶらせた。

「お父っさんがああ云うのも無理はないけれど、今だしぬけにそんなことをされちゃあ、この津の国屋の店もどうなるか判らないからねえ」と、お藤はあくる朝、むすめのお雪にそっと話した。

この話をきかされて、文字春は肚《はら》のなかでうなずいた。津の国屋の主人が隠居して頭を刈り丸めようとする仔細も大抵さとられた。おそらく菩提寺の住職に因果を説かれて、お安の死霊の恨みを解くために、俄かに発心《ほっしん》して出家を思い立ったのであろう。女房や番頭がそれに反対したのも無理はないが、見す見す死霊に付きまとわれて津の国屋の店をかたむけるよりも、お雪に然《しか》るべき婿を取って自分は隠居してしまった方が、むしろ安全ではあるまいかとも思われた。しかし、そんなことを滅多《めった》に口にすべきものではないので、彼女は黙ってお雪の話を聴いていた。

五

それから五、六日経つと、津の国屋の女中のお米《よね》がまたおどされた。それはやはりかのお松が怪しい女に出逢ったのと同じ刻限で、かれも町内の湯屋から帰る途中であった。その晩は雨がしとしとと降っていたので、お米は番傘をかたむけて急いでくると、途中で足駄《あしだ》を踏みかえして鼻緒をふっつりと切ってしまった。何分にも薄暗い路ばたでどうすることも出来ないので、かれは鼻緒の切れた足駄をさげて片足は跣足《はだし》であるき出そうとすると、傘のかげから若い女の白い顔が浮き出して、低い声で云った。

「津の国屋は今に潰れるよ」

お松の話を聴いているので、お米は急に怖くなった。かれは思わずきゃっ、と叫んで、持っていた足駄をほうり出して、片足の足駄も脱いでしまって、跣足で自分の店へ逃げて帰ったが、年のわかいかれは店へかけ込むと同時にばったり倒れて気を失った。水や薬の騒ぎでようように息を吹きかえしたが、お米はその夜なかから大熱を発して、取り留めもない譫言《うわごと》を口走るようになった。

「津の国屋は今に潰れるよ」

かれは時々にこんなことも云った。主人夫婦は勿論、店の者共も気味を悪がって、病人のお米を宿へ下げてしまった。その駕籠の出るのをみて、近所の者はまたいろいろの噂を立てた。こんなことが長く続いていれば、店は次第にさびれるに決まっているので、番頭の金兵衛もひどく心配していたが、幸いにお藤の足の痛みはだんだんに薄らいで、もう此の頃では馬道へ通わないでも済むようになった。次郎兵衛は店の商売などはどうでもいいというようなふうで、毎日かならず朝と晩とには仏壇の前に座って念仏を唱えていた。

それらの事はお雪の口からみな文字春の耳にはいるので、彼女はいよいよ暗い心持になって、津の国屋は遅かれ早かれどうしても潰れるのではあるまいかと危ぶまれた。

八月になって、津の国屋にもしばらく変ったこともなかったが、十二日の宵に奥の間の仏壇から火が出て、代々の位牌《いはい》も過去帳も残らず焼けてしまった。宵の口のことであるから、大勢がすぐに消し止めて幸いに大事にはならなかったが、場所もあろうに仏壇から火が出たということが家内の人々を又おびやかした。

「お燈明の火が風にあおられたのです」と、番頭の金兵衛は云った。

この矢先に又こんなことが世間に聞えてはよくないと、金兵衛は努めてそれを秘《かく》して置こうとしたが、誰がしゃべるのか近所ではすぐに知ってしまった。女中のお松ももう居たたまれなくなったと見えて、その月の末に親が病気だというのを口実にして、無理に暇を取って行った。先月にはお米が宿へ下がって、今月はお松が立ち去り、出代り時でもないのに女中がみな居なくなってしまったので、津の国屋では台所働きをする者に差し支えた。近所の桂庵《けいあん》でも忌な噂を知っているので、容易に代りの奉公人をよこさなかった。

「この頃は阿母《おっか》さんとあたしが台所で働くんですよ」と、お雪は文字春に話した。「それでも阿母さんはまだほんとうに足が良くないんですから、あたしが成るたけ働くようにしています。今だからよござんすけれど、だんだん寒くなると困りますわ」

そういうわけであるから当分は稽古にも来られまいとお雪はしおれた。稽古はともかくも、今まで大きな店で育っているお雪が毎日の水仕事は定めて辛《つら》かろうと、文字春も涙ぐまれるような心持で、不運な若い娘の顔を眺めていると、お雪はまた云った。

「お父っさんは隠居するのも、坊さんになるのも、まあ一旦は思い止まったんですけれど、この頃になって又どうしても家には居られないと云い出して、ともかくも広徳寺前のお寺へ当分行っていることになったんです。阿母さんや番頭が今度もいろいろに止めたんですけれど、お父っさんはどうしても肯《き》かないんだから仕方がありません」

「坊さんになるんじゃないんでしょう」

「坊さんになる訳じゃないんですけれど、なにしろ当分はお寺の御厄介になっていて、ほかの坊さん達が暇な時には、御経を教えて貰うことになるんですって。なんと云っても肯かないんだから、阿母さんももうあきらめているようです」

「でも、当分はお寺へ行っていて、気が少し落ち着いたら却《かえ》っていいかも知れませんね」と、文字春は慰めるように云った。「その方がお家の為かも知れませんよ。そうなると、あとは阿母さんと番頭さんとで御商売の方をやって行くことになるんですね。それでも番頭さんが帳場に坐《すわ》っていなされば大丈夫ですわ」

「ほんとうに金兵衛がいなかったら、家は闇《やみ》です。あとは若い者ばかりですから」

番頭の金兵衛は十一の年から津の国屋へ奉公に来て、二十五年間も無事に勤め通して今年三十五になるが、まだ独身《ひとりみ》で実直に帳場を預かっている。ほかには源蔵、長太郎、重四郎という若い者と、勇吉、巳之助、利七という小僧がいる。それに主人夫婦とお雪と、都合十人暮しの家内に対して、女中二人では今迄《まで》でも少し無理であったところへ、その女中がみな立ち去ってしまっては、これだけの人間に三度の飯を食わせるだけでも容易でない。その苦労を思いやると、文字春はいよいよお雪を可哀そうに思ったが、まさかに手伝いに行ってやるわけにもゆかないので、これからだんだんに寒空にむかって、お雪の白い柔らかい手先に痛ましいひびの切れるのをむなしく眺めているよりほかはなかった。

「それでも小僧さんが少しは手伝ってくれるでしょう」

「ええ。勇吉だけはよく働いてくれます」と、お雪は云った。「ほかの小僧はなんにも役に立ちません。暇さえあれば表へ出て、犬にからかったりなんかしているばかりで……」

「なるほど勇どんはよく働くようですね」

勇吉は金兵衛の遠縁の者で、やはり十一の年から奉公に来て、まだ六年にしかならないが、年の割にはからだも大きく人間も素捷《すばや》い方で、店の仕事の合い間には奥の用にも身を入れて働く。若い者のうちでは長太郎がよく働く。彼は十九で、さきに屋根瓦が落ちて傷つけられた時にも、頭と顔とを白布で巻いて、その日からいつもの通りに働いていたのを、文字春も知っていた。

それから二日の後に、津の国屋の主人は下谷広徳寺前の菩提寺へ引き移った。主人は寺のひと間《ま》を借りて当分はそこに引き籠《こも》っているのであると、津の国屋では世間に披露していたが、近所では又いろいろの噂をたてて、津の国屋の主人はとうとう坊主になったとか、少し気が触れたとか、思い思いの想像説を伝えていた。

九月も十日をすぎて、朝晩はもう薄ら寒くなって来た。文字春は午前《ひるまえ》の稽古をすませて、午から神明の祭りに参詣しようと思って、着物などを着かえていると、台所の口で案内を求める声がきこえた。小女が出てみると、もう五十近い女が小腰をかがめて会釈《えしやく》した。

「あの、お師匠《しよ》さんはお家《うち》でしょうか」

狭い家でその声はすぐにこっちへも聞えたので、文字春はあわてて帯をむすびながら出た。

「おまえさんがお師匠さんでございますか」と、女は改めて会釈した。「だしぬけにこんなことを願いに出ますのも何でございますが、お師匠さんはあの津の国屋さんとお心安くしておいでなさるそうでございますね」

「はあ、津の国屋さんとは御懇意にしています」

「うけたまわりますと、あの店では女中さんが無くって困っているとか申すことですが……。わたくしは青山に居《お》ります者で、どこへか御奉公に出たいと存じて居りますところへ、そんなお噂をうかがいましたもんですから、わたくしのような者で宜しければ、その津の国屋さんで使って頂きたいと存じまして……。けれども、桂庵の手にかかるのは忌《いや》でございますし、津の国屋さんへだしぬけに出ますのも何だか変でございますから、まことに御無理を願って相済みませんが、どうかお師匠さんのお口添えを願いたいと存じまして……」

「ああ、そうですか」

文字春も少しかんがえた。だんだんに寒空にむかって、津の国屋で奉公人に困っているのは判り切っている。年は少し老《と》っているし、あまり丈夫そうにも見えないが、この女一人が住み付いてくれれば津の国屋でもどのくらい助かるかもしれない。お雪も水仕事をしないで済むかも知れない。まことにいい都合であると思ったが、なにをいうにも相手は初対面の女である。身許《みもと》も気心もまるで知れないものを迂闊に引き合わせる訳には行かないと、彼女はしばらくその返答に躊躇《ちゅうちょ》していると、女もそれを察したらしく、気の毒そうに云った。

「だしぬけに出ましてこんなことを申すのですから、定めて胡乱《うろん》な奴とおぼしめすかも知れませんが、いよいよお使いくださると決まりますれば、身許もくわしく申し上げます。決しておまえさんに御迷惑はかけませんから」

「じゃあ、少しここに待っていてください。ともかくも向うへ行って訊いて来ますから」

出先でちょうど着物を着かえているのを幸いに、文字春はすぐに津の国屋へ駈《か》けて行った。女房に逢ってその話をすると、津の国屋では困り切っている最中であるので、すぐにその奉公人を連れて来てくれと云った。

「お師匠さんのおかげで助かります」と、お雪もしきりに礼を云った。

文字春は皆から礼を云われて、善いことをしたと喜びながら家へ帰って、すぐにその女を津の国屋へ連れて行った。女はお角《かく》といって、年が年だけに応待も行儀もひと通り心得ているらしいので、津の国屋では故障なしに雇い入れることに決めた。

六

三日の目見得《めみえ》もとどこおりなく済んで、お角は津の国屋へいよいよ住み込むことになった。お雪は菓子折を持って文字春のところへ礼に来た。新参ながらお角はひどく女房の気に入っているという話を聞いて、文字春もまず安心した。

お角も礼に来た。それが縁になって、お角は使に出たついでなどに文字春のところへ顔を出した。そうして、やがて一と月ほども無事にすぎた時に、お角はいつものように訪ねて来て、文字春となにかの話の末にこんなことをささやいた。

「お師匠さんにもいろいろ御厄介になったんですが、わたくしは津の国屋に長く辛抱できればいいがと思っていますが……」

「でも、大変におかみさんの気に入っているというじゃありませんか」と、文字春は不思議そうに訊いた。

「全くおかみさんは目にかけて下さいますし、お雪さんも善い人ですから、なにも不足はないのでございますが……」

云いかけて彼女は口をつぐんだ。それを押し詰めて詮議すると、津の国屋の女房お藤は番頭の金兵衛と不義を働いているというのであった。金兵衛は男盛りの独身者《ひとりもの》であるが、お藤はもう五十を越えている。まさかにそんな不埒《ふらち》を働く筈はあるまいと、文字春も初めは容易に信用しなかったが、お角はその怪しい形跡をたびたび認めたというのである。土蔵の奥や二階のひと間へ不義者がそっと連れ立ってゆくのを、自分はたしかに見とどけたと彼女は云った。

「併しそんなことがいつまでも知れずには居りますまい」と、お角は溜息をついた。「もし何かの面倒が起りました時に、わたくしが手引きでも致したように思われましては大変でございます」

主人の女房と家来とが密通の手引きをした者は、その時代の法としては死罪である。お角が津の国屋に奉公をしているのを恐れるのも無理はなかった。お角は暇をとれば、それで済むが、済まないのは女房と番頭との問題で、万一それが本当であるとすれば、津の国屋が潰れるような大騒動が出来《しゅったい》するに相違ない。死霊の祟りよりもこの祟りの方が覿面《てきめん》に怖く思われて、文字春はまた蒼くなった。

しかし彼女はまだ一途《いちず》にお角の話を信用することも出来ないので、そんなことを迂闊に口外してはならぬと、くれぐれもお角に口止めをして帰した。

よもやとは思いながら、文字春も幾らかの疑いを懐《いだ》かないわけには行かなかった。お雪は父が自分から進んで菩提寺へ出て行ったように話していたが、あるいは女房と番頭とが狎《な》れ合いでうまく勧めて追い出したのではあるまいかとも疑われた。年も五十を越して、ふだんは物堅いように見えていた女房に、そんな恐ろしい魔が魅《さ》すというのも、やはり死霊の祟りではあるまいかとも恐れられた。

お安という女の執念はいろいろの祟りをなして、結局、津の国屋をほろぼすのではあるまいかとも思われた。併しこればかりは、文字春は誰に話すことも出来なかった。お雪にかまをかけて聞き出すことも出来なかった。

「いくら願っても、お暇をくださらないので困ります」

お角はその後にも来て文字春に話した。この間からお暇を願っているが、おかみさんがどうしても肯いてくれない。お給金が不足ならば望み通りにやる。年の暮には着物も買ってやる。こっちでは十分に眼をかけてやるから、せめて来年の暖くなるまで辛抱してくれと云われるので、こっちもさすがにそれを振り切って出ることも出来ないので困っていると、お角はしきりに愚痴をこぼしていた。かれが暇を願っているのは事実であるらしく、お雪も文字春のところへ来てそんなことを話した。お角はいい奉公人であるから、なんとかして引き留めて置きたいと阿母さんもふだんから云っていると、彼女はなんの秘密も知らないように話していた。

自分が世話をした奉公人が評判がいいのは結構であるが、もし津の国屋の内輪《うちわ》にそんな秘密が忍んでいるとすれば、その奉公人を周旋した自分の身の上にどんな係り合いが起らないとも限らないと、文字春はそれがためにまた余計な苦労を増した。併しその後も別に何事もなしに過ぎて、今年ももう師走《しわす》のはじめになった。底寒い日が幾日もつづいて、時々に大きい霰《あられ》が降った。

「おい、師匠。もう起きたかえ」

師走の四日の朝、もう五ツ（午前八時）を過ぎたころに、大工の兼吉が文字春の家の格子《こうし》をあけた。

「あら、棟梁。なんぼあたしだって……。もうこのとおり、朝のお稽古を二人も片付けたんですよ。節季《せっき》師走じゃありませんか」

「そんなに早起きをしているなら知っているのかえ。津の国屋の一件を……」

「津の国屋の……。どうしたんです。何かあったんですか」と、文字春は長火鉢の上へ首を伸ばした。

「とんでもねえことが出来てしまって、ほんとうに驚いたよ」と、兼吉も火鉢の前に坐って、まず一服すった。

「おかみさんと番頭さんが土蔵のなかで首をくくったんだ」

「まあ……」

「全くびっくりするじゃねえか。何ということだ。呆《あき》れてしまった」

兼吉は罵《ののし》るように云いながら、火鉢の小縁《こべり》で煙管《きせる》をぽんぽんと叩《たた》くと、文字春の顔の色は灰のようになった。

「どうしたんでしょうねえ、心中でしょうか」と、彼女は小声で訊いた。

「まあ、そうらしい。別に書置らしいものも見当らねえようだが、男と女が一緒に死んでいりゃ先《ま》ずお定まりの心中だろうよ」

「だって、あんまり年が違うじゃありませんか」

「そこが思案のほかとでもいうんだろう。出入り場のことを悪く云いたかねえが、あのおかみさんも一体よくねえからね。いつかも話した通り、お安という貰い娘《こ》をむごく追い出したのも、おかみさんが旦那に吹っ込んだに相違ねえ。そんなことがやっぱり祟っているのかも知れねえよ。なにしろ津の国屋は大騒ぎさ。二人も一度に死んでいるんだから、内分にも何にもなることじゃあねえ。取りあえず主人を下谷から呼んでくるやら、御検視を受けるやら、家じゅうは引っくり返るような騒動だ。なんと云っても出入り場のことだから、おいらも今朝から手伝いに行ってはいるが、娘と奉公人ばかりじゃあどうすることも出来ねえので弱っている」

「そうでしょうねえ」

お角の話が今更のように思い合わされて、文字春は深い溜息をついた。

「それで御検視はもう済んだんですか」

「いや、御検視は今来たところだ。そんなところにうろついていると面倒だから、おいらはちょいとはずして来て、御検視の引き揚げた頃に又出かけようと思っているんだ」

「それじゃあ、あたしももう少し後に行きましょう。そんな訳じゃあお悔みというのも変だけれど、まんざら知らない顔も出来ませんからね」

「そりゃあそうさ。まして師匠はあすこの家まで幽霊を案内して来たんだもの」

「いやですよ」と、文字春は泣き声を出した。「後生《ごしょう》ですから、もうそんな話は止して下さいよ。なんの因果で、あたしはこんな係り合いになったんでしょうねえ」

半晌《はんとき》あまりも過ぎて、兼吉は再び出ていった。文字春はこわごわながら門口《かどぐち》へ出て見ると、近所の人達もみな門《かど》に出てなにか頻りにいろいろの噂をしていた。津の国屋のまえにも大勢の人があつまって内を覗いていた。きょうも朝から雲った日で、灰を凍らせたような暗い大空が町の上を低く掩《おお》っていた。

「おい、師匠。御近所がちっと騒々しいね」

　声をかけられて見返ると、それはここらを縄張りにしている岡っ引の常吉であった。桐畑の幸右衛門はこのごろ隠居同様になって、伜《せがれ》の常吉が専《もっぱ》ら御用を勤めている。彼はまだ二十五六の若い男で、こんな稼業《かぎょう》には似合わないおとなしやかな色白の、人形のような顔かたちが人の眼について、人形常という綽名《あだな》をとっているのであった。

　人に可愛がられない商売でも、男は男、しかも人形の常吉に声をかけられて文字春は思わず顔をうすく染めた。かれは袖口《そでぐち》で口を掩いながら初心《うぶ》らしく挨拶した。

「親分さん。お寒うございます」

「ひどく冷えるね。冷えるのも仕方がねえが、また困ったことが出来たぜ」

「そうですってね。もう御検視は済みましたか」

「旦那方は今引き揚げるところだ。就《つ》いては師匠、おめえにちっと訊きてえことがあるんだが、後に来るよ」

「はあ、どうぞ、お待ち申しております」

　常吉はそのまま津の国屋の方へ行ってしまった。文字春はあわてて内へはいって、別の着物を出して着換えた。帯も締めかえた。そうして、長火鉢へたくさんの炭をついだ。かれは津の国屋の一件について、なにかの係り合いになるのを恐れながら、一方には常吉の来るのを迷惑には思っていなかった。

七

「師匠。内かえ」

常吉が文字春の家の格子をくぐったのは、それから一晌《とき》ほどの後であった。文字春は待ち兼ねていたように、すぐに長火鉢のまえを起《た》って出た。

「さきほどは失礼。きたないところですが、どうぞこちらへ……」

「じゃあ、ちっと邪魔をするぜ」

若い岡っ引が草履をぬいで内へあがると、文字春は小女に耳打ちをして、近所の仕出し屋へ走らせた。

「ところで、師匠。早速だが、少しおめえに訊きてえことがある。あの津の国屋の娘はおめえの弟子だというじゃあねえか。師匠も津の国屋へときどき出這入《ではい》りすることもあるんだろう」

「はあ。時々には……」と、文字春はうなずいた。「ですから、きょうも後にちょいと顔出しをしようと思っているんです」

「ところで、素人《しろと》っぽいことを訊くようだが、今度の一件についてなんにも心当りはねえかね。おいらの考えじゃあ、おかみさんと番頭の心中はどうも呑《の》み込めねえ。あれには何か込み入ったわけがあるだろうと思うんだが……。おいらは前から知っているが、あの金兵衛という番頭は白鼠《しろねずみ》で、そんな不埒を働く人間じゃあねえ。ましておかみさんとは母子《おやこ》ほども年が違っている。たとい一緒に死んだとしても、心中じゃあねえ。何かほかに仔細があるに相違ねえ。今の処じゃあ年の若けえ娘と奉公人ばかりで、何を調べても一向に手応《てごて》えがねえので困っているんだが、師匠、決しておめえに迷惑はかけねえ。なにか気のついたことがあるんなら教えてくんねえか」

「そうですねえ。親分も御承知でしょう。なんだか津の国屋に、いやな噂のあることは……」

「いやな噂……」と、常吉もうなずいた。「なにかあの店が潰れるとかいうんじゃねえか」

「そうですよ。あたしはよく知りませんけれど、津の国屋にはお安さんとかいう娘の死霊が祟っているとかという噂ですが……」

「娘の死霊……。そりゃあおいらも初耳だ。そうして、その娘はどうしたんだ」

相手が乗り気になって耳を引き立てるので、文字春は自然に釣り出されたのと、もう一つには常吉に手柄をさせてやりたいというような下心《したごころ》をまじって、彼女はさきに兼吉から聞かされたお安の一件をくわしく話した。まだその上に自分がお祖師様へ参詣の帰り路《みち》で、お安の幽霊らしい若い娘と道連れになったことまで怖々《こわごわ》とささやくと、常吉はいよいよ熱心に耳をかたむけていた。殊《こと》に文字春が幽霊のような娘に出逢ったということが彼の興味を惹《ひ》いたらしかった。彼はその娘の年ごろや人相や服装《みなり》などを一々明細に聞きただして、自分の胸のうちに畳み込んでいるように見えた。

「むむ。こりゃあいいことを聞かしてくれた。師匠、あらためて礼をいうぜ、そんなことはちっとも知らなかった」

仕出し屋から誂《あつら》えの肴《さかな》を持ち込んで来たので、文字春はすぐに酒の支度をした。

「こりゃあ気の毒だな。こんな厄介になっちゃあいけねえ」と、常吉はこころから気の毒そうに云った。

「いいえ、ほんの寒さしのぎにひと口、なんにもございませんけれど、あがってください」

「じゃあ、折角だから御馳走《ごちそう》になろう」

二人は差し向いで飲みはじめた。その間に、文字春は津の国屋の一件について、自分の知っているだけのことを残らずしゃべってしまった。女中のお角は自分が世話をしたんだということも打ち明けた。これも常吉の注意を惹いたらしく、彼はときどきに猪口《ちょこ》をおいて考えていた。なんだか残り惜しそうに引き留める師匠をふり切って、彼は半晌ほどの後にここを出た。

「まだ御用がたくさんある。いい心持に酔っちゃあいられねえ。また来るよ」

彼は幾らかの金をつつんで、文字春が辞退するのを無理に押しつけるようにして置いて行った。霰はまだ時々にばらばらと降っていた。常吉はその足で再び津の国屋へ引っ返して、なにかの手伝いをしている大工の兼吉を表へ呼び出して、お安のことをもう一度訊きただした。それから女中のお角をよび出して、女房と番頭との関係についても一応詮議すると、お角は文字春にも話した通り、たしかに二人が密会しているらしい証跡を見とどけたと云った。しかし自分は新参者で、それにはなんにも関係のないということを繰り返して弁解していた。常吉はそれだけの調べを終って、更に八丁堀へ顔を出すと、同心たちの意見も心中に一致していて、もう詮議の必要を認めないような口ぶりであった。それでも此の時代に於《お》いては、主人と奉公人との密通は重大事件であるから、なにか新しく聞き込んだことがあったならば、油断なく更に詮議しろとのことであった。常吉はお安の幽霊一件を同心らの前ではまだ発表しなかった。ただ自分には少し腑に落ちないところがあるから、もう一と足踏み込んで詮議してみたいというだけのことを断わって帰って来た。彼はそれからすぐに神田三河町の半七をたずねて、何かしばらく相談して別れた。

その次の日の午過ぎに津の国屋から女房お藤の葬式《とむらい》が出た。しかし番頭と心中したということになっている以上、無論に表向きの葬式を営むことも出来ないので、日の暮れるのを待ってこっそりと棺桶《かんおけ》をかつぎ出した。近所の者もわざと遠慮して、大抵は見送りに行かなかった。文字春も津の国屋へ悔みに行っただけで、葬式の供には立たなかった。大工の兼吉と店の若い者二人と、親類の総代が一人、唯それだけの者が忍びやかに棺のあとについて行った。内福と評判されている津の国屋のおかみさんの葬式があの姿とは、心柄とはいいながらあんまり哀れだと近所の者もささやきあっていた。世間に対して面目ないせいもあろう、主人の次郎兵衛は奥に閉じ籠ったきりで、ほとんど誰にも顔をあわせなかったが、初七日《しょなのか》のすむのを待って再び寺へ帰るとの噂であった。

女房も番頭も同時に世を去って、あとは若い娘のお雪ひとりである。その上に主人が寺へ帰ってしまったらば、誰が店を取り締って行くであろう、と近所では専ら噂していた。文字春も不安でならなかった。死霊の祟りで津の国屋はとうとう潰れてしまうのかと、彼女はいよいよおそろしく思った。

そのうちに初七日も過ぎたが、次郎兵衛はやはり津の国屋を立ち退かなかった。彼はあまりに意外の出来事におどろかされて、葬式の出たあくる日から病気になって、どっと床に就いているのだと伝えられた。店の方は休みも同様で、二、三人の親類が来て家内の世話をしているらしかった。

津の国屋の初七日が過ぎて三日の夜であった。文字春は芝のおなじ稼業の家に不幸があって、その悔みに行った帰り途《みち》に、溜池の縁《ふち》へさしかかったのはもう五ツ（午後八時）を過ぎた頃であった。津の国屋といい、今夜といい、とかくに忌なことばかり続くので、文字春もいよいよ暗い心持になった。早く帰るつもりであったのが思いのほかに時を費したので、暗い寂しい溜池のふちを通るのが薄気味が悪かった。今日《こんにち》と違って、山王山の麓《ふもと》をめぐる大きい溜池には河獺《かわうそ》が棲《す》むという噂もあった。幽霊の娘と道連れになったことなどを思い出して、文字春はぞっとした。月のない、霜ぐもりとでも云いそうな空で、池の枯蘆《かれあし》のなかでは雁の鳴く声が寒そうにきこえた。文字春は両袖をしっかりとかきあわせて、自分の下駄の音にもおびやかされながら、小股《こまた》に急いで来ると、暗い中から駈けて来た者があった。

　避ける間もなしに両方が突き当ったので、文字春はぎょっとして立ちすくむと、相手はあわただしく声をかけた。

「早く来てください。大変です」

「あの、お雪さんじゃありませんか」

　それは若い女、しかも津の国屋のお雪の声らしいので、文字春はまた驚かされた。

「あら、お師匠さん。いいところへ……。早く来てください」

「一体どうしたの」と、文字春は胸を躍らせながら訊いた。

「店の長太郎と勇吉が……」

「長どんと勇どんが……。どうかしたんですか」

「出刃庖丁《でばぼうちょう》で……」

「まあ、喧嘩《けんか》でもしたんですか」

暗い中でよく判らないが、お雪はふるえて息をはずませているらしく、もう碌々に返事もしないで、師匠の足もとにべったりと坐ってしまった。

「しっかりおしなさいよ」と、文字春は彼女を抱き起しながら云った。「そうして、その二人はどこにいるんです」

「なんでもそこらに……」

なにしろ暗いので、文字春にはちっとも見当が付かなかった。水明かりでそこらを透かしてみたが、近いところでは二人の人間があらそっている様子も見えなかった。仕方がなしに彼女は声をあげて呼んだ。

「もし、長さん、勇さん……。そこらにいますか。長さん……、勇さん……」

どこからも返事の声はきこえなかった。暗さは暗し、不安はいよいよ募ってくるので、文字春はお雪の手を引いて、明るい灯の見える方角へ一生懸命にかけ出した。

八

半分は夢中で自分の家のまえまで駈けて来て、文字春は初めてほっと息をついた。よく見ると、お雪も真っ蒼になって、今にも再び倒れそうにも思われたので、ともかくも家の中へ連れ込んで、ありあわせの薬や水を飲ませた。すこし落ち着くのを待って今夜の出来事を聞きただすと、それは又意外のことであった。

今夜お雪が店先へ出ると、あとから若い者の長太郎がついて来て、少し話があるから表までちょいと出てくれというので、なに心なく一緒に出ると、長太郎は突然に短刀を抜いて彼女の眼の先に突きつけた。そうして、そこまで黙って一緒に来いとおどした。相手が鋭い刃物を持っているのにおびやかされて、お雪は声を立てることが出来なかった。両隣りにも人家がありながら、声を立てたら命がないとおどされているので、彼女は身をすくめたままで溜池のふちまで連れて行かれた。

長太郎はあたりに往来のないのを見て、自分の女房になってくれとお雪に迫った。おどろいて返答に躊躇していると、長太郎はいよいよ迫って、もし自分の云うことを肯かなければ、おまえを殺してこの池へ投げ込んで、自分もあとから身を投げて、世間へは心中と吹聴《ふいちょう》させると云った。お雪はいよいよおびえて、しきりに堪忍《かんにん》してくれと頼んだが、長太郎はどうしても肯かなかった。お雪はもう切羽《せっぱ》つまったところへ、小僧の勇吉があとから駈けて来て、これも出刃庖丁を振りかざして、やにわに長太郎に斬《き》ってかかった。二人は短刀と出刃庖丁とで闘った。お雪は途方にくれて、誰かの救いを呼ぼうとして夢中で駈け出したが、もう気が転倒しているので反対の方角へ足を向けたらしく、あたかもこっちへ帰って来る文字春に突き当ったのであった。

そう判って見ると、いよいよ捨てては置かれないので、文字春はすぐに津の国屋へ知らせに行った。店でもその報告に驚かされたらしく、若い者二人と小僧二人とが提灯《ちょうちん》を持って其の場へ駈け付けると、果たして長太郎と勇吉とが血だらけになって枯蘆の中に倒れているのを発見した。どっちも二、三ヵ所の浅手を負った後に、刃物を捨てて組討ちになったらしく、二人は堅く引っ組んだままで池の中へころげ落ちていた。刃物の傷はみな浅手で命にかかわるようなことはなかったが、池へころげ落ちた時に、長太郎は運悪く泥深いところへ顔を突っ込んだので、そのまま息が止まってしまった。勇吉は半死半生の体《てい》であったが、これは手当ての後に正気にかえった。

お雪を無事に送りとどけて貰ったので、津の国屋では文字春にあつく礼を云った。しかし津の国屋よりもほかに礼を云ってもらいたい人があるので、文字春はさらに桐畑の常吉の家へと報《し》らせに行った。

「どうせ一人死んだことですから、そちらの耳へも無論はいりましょうが、なるべく早い方がいいかと思いまして……」

「いや、それはありがてえ」と、ちょうど居合わせた常吉がすぐに出て来た。「よく知らせてくれた。じゃあ、これから出かけるとしよう。これでこの一件もたいがい眼鼻が付いたようだ。師匠、今にお礼をするよ」

思い通りに礼を云われて、文字春は満足して帰った。かれはもう死霊の怖いことなどは忘れていた。ちっとぐらい祟られてもいいから、自分も立ち入ってこの事件のために働いて見たいような気にもなった。

常吉はすぐに津の国屋へ行ってみると、勇吉の傷は右の手に二ヵ所と、左の肩に一ヵ所であったが、どれも手重いものではなかった。それでもよほど弱っているらしいのを常吉はいたわりながら、町内の自身番へ連れて行った。

「おい、小僧。おめえはえれえことをやったな。命がけで主人の娘の難儀を救ったんだ。お上から御褒美《ごほうび》が出るかも知れねえぞ。しかしおめえはどうして刃物を持って長太郎のあとから追っかけて行ったんだ。あいつが娘を連れ出すところを見ていたのか」

弱ってはいたが、勇吉は案外はっきりと答えた。

「はい、見ていました。長太郎が刃物でお雪さんをおどかして、無理にどこへか連れて行こうとするのを見ましたから、空手《からて》じゃあいけないと思って、すぐに台所から出刃庖丁を持ち出して行きました。そうして溜池のところで追っ付いたんです」

「よし、判った。だが、まだ一つ判らねえことがある。おめえはそれを見つけたら、なぜほかの者に知らせねえ。自分一人で刃物を持ち出して行くというのはおかしいじゃねえか」

勇吉は黙っていた。

「ここが大事のところだ」と、常吉は諭《さと》すように云った。「おめえが褒美を貰うか、下《げ》手人《しゅにん》になるか、二つに一つの大事のところだ、よく落ち着いて返事をしろ」

　勇吉はやはり黙っていた。

「じゃあ、おれの方から云うが、おめえは何か長太郎を怨《うら》んでいるな。娘を助ける料簡も無論だが、まだ其のほかに、いっそここで長太郎をやっつけてしまおうという料簡がありゃあしなかったか、どうだ。はっきり云え」

「恐れ入りました」と、勇吉は素直に手をついた。

「むむ、そうか」と、常吉はうなずいた。「よく素直に申し立てた。そこで、なぜ長太郎をやっつける気になった。長太郎になにか遺恨でもあるのか」

「どうも仇《かたき》のように思われてなりませんので……」

「かたき……。むむ、おめえは津の国屋の番頭の親類だということだな」

「はい。金兵衛の縁で津の国屋へ奉公にまいりました」

「その金兵衛の仇……。長太郎が金兵衛を殺したのか」と、常吉は念を押した。

「どうもそう思われてなりません」と、勇吉は眼をふいた。

　それには何か証拠があるかと常吉が押し返してきくと、勇吉は別に確かな証拠はないと云った。併しどうもそう思われてならない。金兵衛は自分の親類であるが、決して主人と不義密通を働くような人間ではない。かれの死骸《しがい》を土蔵の中で発見した時から、これは自分で首をくくったのではない、誰かが彼を絞め殺してその死骸を土蔵の中へ運び込んだのに相違ないと判断したが、何分にも確かな証拠がないので、自分はよんどころなしに今まで黙っていたのであると、勇吉は申し立てた。それにしても、数ある奉公人の中でどうして長太郎一人を下手人と疑ったのかと、常吉はかさねて詮議すると、その前日の午《ひる》すぎに長太郎が主人の娘に向って何か冗談を云った。それがあまりにしつこいのと猥《みだ》りがましいのとで、帳場にいた金兵衛が聞き兼ねて、大きい声で長太郎を叱《しか》り付けた。叱られた長太郎はすごすご起って行ったが、その時に彼は怖い眼をして金兵衛をじろりと睨《にら》んだ。その鋭い眼つきが今でも自分の眼に残っていると勇吉は云った。

併しそれだけのことでは表向きの証拠にならないので、勇吉は口惜しいのを我慢していると、今夜の事件が測らずも出来《しゅったい》した。憎らしい長太郎が主人の娘を脅迫して、どこへか連れて行こうとするのである。今年十六の勇吉はもう堪忍ができなくなって、いっそ彼を殺してお雪を救おうと、咄嗟《とっさ》のあいだに思案を決めたのであった。

「よし、よく申し立てた」と、常吉は満足したようにうなずいた。「傷養生をして後日《ごにち》の御沙汰を待っていろ。かならず短気を出しちゃあならねえぞ。金兵衛の仇はまだほかにも大勢ある。それは俺がみんな仇討ちをしてやるから、おとなしく待っていろ」

「ありがとうございます」と、勇吉は再び眼を拭《ふ》いた。

勇吉をいたわって、あとから津の国屋へ送ってやるようにと町《ちょう》役人に云いつけておいて、常吉はすぐに津の国屋へ引っ返して行こうとして、文字春の家の前を通りかかると、家の中では何かけたたましい女の叫び声がきこえた。それが耳について思わず立ちどまる途端に、水口《みずぐち》の戸を押し倒すような物音がして、ひとりの女が露路の中から転がるように駈け出して来た。つづいて又一人の女が何か刃物をふり上げて追って来るらしかった。常吉は飛んで行って、あとの女の前に立ちふさがると、女は夜叉《やしゃ》のようになって彼に斬ってかかった。二、三度やりたがわして其の刃物をたたき落して、常吉は叫んだ。

「お角、御用だ」

御用の声を聞くと、女は掴まれた腕を一生懸命に振りはなして、もとの露路の奥へ引っ返して駈け込んだ。常吉はつづいて追ってゆくと、逃げ場を失ったものか但《ただ》しは初めから覚悟の上か、かれはそこにある井戸側に手をかけたと思うと、身をひるがえして真《ま》っ逆《さか》さまに飛び込んだ。

長屋じゅうの手を借りて常吉はすぐに井戸の中から女を引き揚げさせたが、かれはもう息が絶えていた。それが文字春の世話で津の国屋へ奉公に行ったお角であることは、常吉も初めから知っていた。文字春の話によると、たった今その水口の戸をそっとたたいて師匠に逢いたいという者がある。この夜更《よふ》けに誰か知らんと思いながら、文字春は寝衣《ねまき》のままで出て見ると、それはかのお角で、お前が余計なおしゃべりをしたもんだから何もかもばれてしまったと云いながら、隠していた剃刀《かみそり》でいきなりに斬ってかかったので、文字春はおどろいて表へ逃げ出したというのであった。

「大方そんなことだろうと思った。だが、まあ、怪我がなくてよかった」と、常吉は云った。

女房と番頭と二人の死人を出した津の国屋では、それから十日も経たないうちに、又もや長太郎とお角と二人の死人を出した。しかし、これで丁度差し引きが付いたのであるということが後に判った。

九

津の国屋のお藤を絞め殺したのは、女中のお角であった。金兵衛を絞め殺したのは、勇吉の想像の通りに若い者の長太郎であった。かれらは女房と番頭が熟睡しているところを絞め殺して、二つの死骸をそっと土蔵の中へ運び込んで、あたかも二人が自分で縊《くび》れ死んだようによそおったのであった。

津の国屋の親戚《しんせき》で、下谷に店を持っている池田屋十右衛門、浅草に店を持っている大《おお》桝《ます》屋弥平次、無宿のならず者熊吉と源助、矢場女お兼、以上の五人は神田の半七と桐畑の常吉の手であげられた。津の国屋の菩提寺の住職と無宿の托鉢僧とは寺社方の手に捕えられた。これでこの一件は落着《らくぢゃく》した。

これまで書けば、もう改めてくわしく註するまでもあるまい。池田屋十右衛門と大桝屋弥平次と菩提寺の住職と、この三人が共謀して、かねて内福の聞えのある津の国屋の身代を横領しようと巧《たく》んだのであった。津の国屋の主人次郎兵衛は貰い娘のお安をむごたらしく追い出して、とうとう変死をさせたことを内心ひそかに悔んでいた。殊《こと》に惣領娘のお清があたかもお安と同い年で死んだので、彼はいよいよそれを気に病んで、おりおりには菩提寺の住職に向って懺悔《ざんげ》話をすることもあった。それが彼等三人に悪計を思い立たせる根源で、坊主が一人加わっているだけに、かれらはお安の死霊を種にして津の国屋の一家をおびやかそうと企てた。

今日から考えると、頗《すこぶ》る廻り遠い手段のようではあるが、その時代の彼等としては余ほど巧妙な手段をめぐらそうとしたのかも知れない。かれらはまず死霊の祟りということを云い触らさせて、津の国屋一家に恐れを懐かせ、さらに菩提寺の住職から次郎兵衛をおどして、体《てい》よく隠居させて自分の寺内へ押し込めてしまうつもりであった。そうすれば、いやでも娘のお雪に婿を取らなければならない。その婿には池田屋十右衛門の次男を押し付けるという段取りで、だんだんにその計略を進行させることになった。しかし堅気の商人《あきんど》や寺の坊主ばかりでは、万事が不便であるので、かれらは浅草下谷をごろ付きあるいている無宿者の熊吉と源助とを味方に抱き込んだ。

お安の幽霊に化けたのは、浅草のお兼という矢場女で、見かけは十七八の初心《うぶ》な小娘らしいが、実はもう二十を二つも越しているという莫連者《ばくれんもの》で、熊吉の世話でこれもこの一件の徒党に加わったのであった。熊吉と源助は津の国屋の近所を徘徊《はいかい》して、絶えずその様子をうかがっているうちに、お雪の師匠の文字春が堀の内へ参詣に行って、その帰り路はきっと日が暮れるのを見込んで、撫子の浴衣をきたお兼を途中に待ち受けさせて、怪談がかったお芝居を演じさせたのであった。しかし文字春が迂闊《うかつ》にそれを世間に吹聴しないらしいので、かれらは的《あて》がはずれた。今度は手をかえて、怪しい托鉢僧を津の国屋の前に立たせた。お兼は女中たちの湯帰りをおどした。

それでどうにかこうにか次郎兵衛だけはこっちへ人質《ひとじち》に取ってしまったが、女房と番頭とが案外にしっかりしていて、かれらの目的も容易に成就《じょうじゅ》しそうもないので、かれらは少し焦《じ》れ出して更に残酷な手段をめぐらすことになった。お兼は叔母のお角を津の国屋へ住み込ませて、隙《すき》を見て女房と番頭とを亡《な》き者にしようと試みたが、さすがにお角一人では荷が重いので、店の若い者の長太郎を味方に引き込もうとした。長太郎はふだんから主人の娘のお雪に思いをかけているので、これが首尾よく成就すればかならずお雪と添わせてやるという条件で、とうとう悪人の仲間に入れてしまった。そうして女房と番頭とが不義を働いているらしいということをお角の口から前以《も》って吹聴させて置いて、よい頃を見測らって二人の悪人が予定の計画通りに女房と番頭とを亡《ほろぼ》した。しかもそれを巧みに心中と見せかけて世間を欺《あざむ》き、あわせて検視の役人の眼を晦《くら》ました。

これまでは先ず彼等の思いのままに進行したが、その秘密を桐畑の常吉に嗅《か》ぎ付けられたらしいのが、彼等におびただしい不安をあたえた。常吉は文字春から委《くわ》しい話を聴いて、半七と相談の上で先ずその幽霊の身許詮議に取りかかった時に、半七がふと思い付いたのは彼《か》のお兼のことであった。お兼はいつまでも初心《うぶ》らしく見えるのを種として、これまでに小娘に化けて万引や騙りを働いた兇状《きょうじょう》がある。もしや彼女ではあるまいかと眼串を刺して、子分の者に云い付けてひそかに彼女が此の頃の様子を探らせると、お兼は先頃浅草の小料理屋へ行って池田屋十右衛門に逢ったことが判った。池田屋は津の国屋の親類である。もう一つには、かの熊吉が大桝屋へ忍んで行って、ときどきに博奕の資本《もとで》を借り出して来るらしいことが、彼の仲間の口から洩れた。大桝屋も津の国屋の親類である。それから疑いはいよいよ深くなって、半七は遠慮なしに熊吉を引き揚げてしまった。しかし彼もなかなかの強情者で、容易にその秘密を白状しなかった。

たとい白状しても、白状しないでも、徒党の一人が引き揚げられたと聞いて、かれらは俄かにうろたえ始めた。源助はあわてて何処へか姿をかくした。それが津の国屋の方へもきこえたので、お角も長太郎もぎょっとした。お角は文字春の家の小女をだまして、師匠の口から常吉にいろいろのことを訴えられたらしいことを探り知ったが、大胆な彼女はわざと平気で澄ましていた。しかし年の若い長太郎はなかなか落ち着いていられなかった。彼は破れかぶれの度胸を据えて、いっそお雪を脅迫して何処へか誘拐して行こうと企てたが、それを勇吉に妨げられて、自分は溜池の泥水を飲んで死んだ。

　こうなると、お角もさすがに平気ではいられなくなった。そのまますぐに姿を隠してしまえば、或《ある》いはもう少し生き延びられたかも知れなかったが、こうした女の習いとして彼女は文字春をひどく憎んだ。何をしゃべったか知らないが、男のいい岡っ引を引っ張り込んで、酒を飲ませてふざけながら、自分たちの秘密を洩らしたかと思うと、お角はむやみに文字春が憎らしくなって、行きがけの駄賃に殺すつもりか、それとも顔にでも傷をつけるつもりか、ともかくも彼女の家へ押掛けて行ったのが運の尽きで、お角はわが身を井戸へ沈めることとなったのである。勿論、死人に口なしで、お角がほんとうの料簡はよく判らない。事情の成行きで唯こう想像するだけのことであった。

　徒党の者はすべてその罪状を白状した。源助は一旦その姿を晦《くら》ましたが、千住の友達へ立ち廻ったところを捕えられた。主犯者の池田屋と大桝屋は死罪、菩提寺の住職とお兼は遠島、その他の者は重追放を申し渡された。

　これでこの怪談は終ったが、ついでに付け加えて置きたいのは、その明くる年に桐畑と津の国屋とに二組の縁談の纏《まと》まったことであった。一方は常吉と文字春とで、一方は勇吉とお雪であった。常吉は二十六で、文字春は二十七であった。勇吉は十七で、お雪は十八であった。もっとも、津の国屋の方は約束だけで、ほんとうの祝言《しゅうげん》はもう一年繰り延べることとなったが、二組ともに一つずつの年上の嫁を持つというのは、そこに何かの因縁があったのかも知れないと、大工の兼吉は仔細ありそうに話していた。

「どうです。かなり入り組んでいるでしょう」と、半七老人は笑いながら云った。「くどくもいう通り、随分廻り遠い計略で、今日の人達から考えると、あんまり馬鹿々《ばかばか》しいように思われるかも知れませんが、第一には何といっても昔の人間は気が長い。もう一つには金儲《もう》けということがなかなかむずかしかったからですね。津の国屋――津国屋と書くのがほんとうだそうですが、暖簾にはやはり津の国屋と、の字を入れてありました。読みいいためでしょう――は何でも地所家作を合わせて二、三千両の身代だったそうです。その頃の二、三千両と云えばこの頃の十万円ぐらいに当るでしょうから、それだけのものをただ取るには並大抵のことではむずかしい。大勢の人間が知恵をしぼって、暇をつぶしても二、三千両の身代を乗っ取れば、まず大出来だったんでしょうよ。今日のようにボロ会社を押っ立てて新聞へ大きな広告をして、ぬれ手で何十万円を搔《か》き込むなんていう、そんな器用な芸当をむかしの人間は知りませんからね。十万円の金を儲けるにも、これほど手数がかかった芝居をしたんです。それを思うと、むかしの悪党は今の善人よりも馬鹿正直だったかも知れませんね。あはははは」

これもやはりほんとうの怪談ではなかった。わたしは何だか一杯食わされたような心持で、老人の笑い顔をうっかりと眺めていた。

解説

末國善己

博文館発行の雑誌「文藝倶楽部《ぶんげいクラブ》」の一九一七年一月号に、歌舞伎《かぶき》の作者として有名だった岡本綺堂《きどう》が、「お文の魂」を発表しました。この「お文の魂」こそ、一九三七年まで計六十九編（半七の養父・吉五郎が活躍する「白蝶怪」を番外編ととらえ、六十八編とする解釈もあります）が書き継がれた『半七捕物帳』の第一話であり、探偵小説と時代小説を融合した捕物帳というジャンルの発端となった記念すべき作品なのです。

捕物帳の伝統は、野村胡堂《こどう》『銭形平次捕物控』、横溝正史『人形佐七捕物帳』、池波正太郎『鬼平犯科帳』、平岩弓枝『御宿かわせみ』などによって受け継がれ、誕生から百年以上が経った現在も高い人気を誇っています。その中でも『半七捕物帳』は、捕物帳の原点にして最高傑作とされ多くの作家の目標になっています。

たとえば、野村胡堂は「捕物小説は楽し」の中で「私の先生は、生前一度もお目に掛かったことのない岡本綺堂先生であったといって宜《よ》い。私の『銭形平次捕物控』は、『半七捕物帳』に刺戟《しげき》されて書いた」と述べています。また横溝正史は『探偵小説五十年』で「半七捕物帳のなかでも私のとくに好きな話に『津の国屋』というのがある。そのなかに人形常といういい男の若い御用聞きが登場して、これが半七のうしろ楯《だて》で津の国屋の一件を解決するというのである。私の捕物帳の主人公の綽名《あだな》はこれできまった」と、『人形佐七捕物帳』の誕生秘話を語っています。そして『初ものがたり』や〈ぼんくら〉シリーズなどの傑作捕物帳を発表し、本書『半七捕物帳　江戸探偵怪異譚』の編者でもある宮部みゆきも、北村薫との共編著『読んで、「半七」！』の「解説対談」で、「私は時代ものを書くときは、仕事にかかる前に必ず『半七』を読むんです」と発言しています。ここからも『半七捕物帳』が後世に与えた影響力の大きさが、うかがえるのではないでしょうか。

『半七捕物帳』の作者として、探偵小説史にも、歴史時代小説史にも名を刻んだ綺堂（本名・岡本敬二）は、一八七二年十月十五日（旧暦）、東京の高輪、泉岳寺の近くで生まれました。父親の敬之助（維新後に、純と改名）は幕臣で、戊辰戦争の時は宇都宮、白河と転戦しましたが、負傷して引き返し横浜の居留地に潜伏し、そこで知り合ったイギリス人の商人の紹介で英国公使館の通訳になっています。綺堂は幼い頃から、敬之助に漢文の手ほどきを受けました。敬之助は芝居や軟派文学にも詳しく、綺堂も一家で歌舞伎見物を楽しんでいたようです。漢文は長く武士の基礎教養だったので、綺堂は明治初期の士族の家庭ならごく普通の教育を受けたといえます。ただ明治初期に生まれた綺堂が、江戸時代の武家と違っていたのは、十歳の頃から、英国公使館に勤めていた叔父や日本に来た英国の留学生に英語を学び、海外のお伽《とぎ》話などを聞いて育ったことです。綺堂の養嗣子・岡本経一がまとめた『綺堂年代記』によると、綺堂は叔父から「国王がお化けと問答する話（エインスウオルスの小説ウヰンゾル・キャストル）」や「国王の息子が父の幽霊に出逢う話（ハムレット）」などの怪談を聞いたとのことです。後に綺堂は、因果応報を軸とした日本の怪異とは一線を画す斬新な怪談集『三浦老人昔話』、西欧の怪談を翻訳した『世界怪談名作集』、中国の志怪小説を翻訳した『支那怪奇小説集』などを残しているので、怪談趣味は終生、変わらなかったといえます。

父と叔父の影響で、芝居と怪談に魅了された綺堂は、十五歳の時に演劇改良運動に刺激を受け、劇作家になる決意を固めます。しかし、その直後、岡本家は金銭トラブルに巻き込まれ、破産寸前まで追い込まれます。そのため綺堂は中学を卒業すると、自活のため東京日日新聞の見習い記者になりました。綺堂は、幾つかの新聞社を経て、一九〇〇年にやまと新聞に入社、そこで幕末から戯作者として活躍した山々亭有人（採菊山人）から、幕末の話を聞くようになります。やまと新聞で綺堂の同僚だった永井荷風の『書かでもの記』には、「山々亭有人にして仮名垣魯文《ろぶん》の没後吾ら後学の徒をして明治の世に江戸戯作者の風貌を窺知《うかがいし》らしめしもの実にこの翁一人在りしのみ。さればわれ日々編《へん》輯《しゅう》局に机を連ねて親しくこの翁の教を受け得たる事今にして思えばまことに涙こぼるる次第なり」とあるので、明治生まれの綺堂や荷風が、山々亭有人が語る江戸のエピソードに刺激を受けたことが見て取れます。この記者時代に使ったペンネームが狂綺堂で、後に綺堂を使うようになりました。

江戸幕府を倒して明治維新を成し遂げた薩摩藩、長州藩などの武士は、江戸は因習に満ちた悪しき社会だったので、今後は欧米から最新の知識を学び日本をよりよくするとの価値観を広めますが、明治中期になると江戸の実像を正確に知ろうとの機運が高まります。その方法として一般的だったのが、当時を知る古老を招いて体験談を話してもらう史談会という集まりでした。山々亭有人から教えを受けた綺堂や荷風は、贅沢《ぜいたく》な史談会に参加していたといえるのです。『半七捕物帳』が、引退した岡っ引の半七老人と縁ができた新聞記者の「わたし」が、往年の手柄話を聞く形式になっているのも、史談会のスタイルを参考にしたと考えて間違いないと思います。

一九〇一年、綺堂は岡鬼太郎との合作で『金鯱噂高浪《こがねのしやちほこうわさのたかなみ》』を発表、これが初めて上演された歌舞伎となりますが、評判は悪かったようです。しかし『維新前後』や『修禅寺物語』の成功で、綺堂は押しも押されもせぬ人気の歌舞伎作者になっていきます。実は綺堂は、歌舞伎作者として名を高めていた時期に、コナン・ドイルの短編「時計だらけの男」と「消えた臨時列車」をまとめて翻案した『呪われたる軌道』、やはりドイル『ジェランドの航海』を翻案した「幽霊の旅」、ナサニエル・ホーソン『ラパチーニの娘』とドイル『ジェ・ハバカク・ジェフスンの遺書』を一作にして翻案した『魔女の恋』などを発表しているので、『半七捕物帳』への道は、歌舞伎で江戸風俗を書きながら、翻案ものの探偵小説を手掛けていた一九〇〇年代初頭には醸成されていたはずです。綺堂は「半七捕物帳の思い出」の中で、「初めて『半七捕物帳』を書こうと思い付いたのは、大正五年（一九一六年。末國註）の四月頃とおぼえています」「全部を通読したことがないので、丸善へ行ったついでに、シャアロック・ホームスのアドヴェンチュアとメモヤーとレターンの三種を買って来て、一気に引きつづいて三冊読み終ると探偵物語に対する興味が油然《ゆうぜん》と湧き起って、自分もなにか探偵物語を書いてみようという気になったのです」「わたしを刺戟したのはやはりドイルの作です」と書いていますが、このエッセイは「お文の魂」の中で半七を「江戸時代に於《お》ける隠れたシャアロック・ホームズであった」と書いたので、ホームズ・シリーズに限って自身の読書体験を語っただけと見るのが妥当だと考えています。

歌舞伎の作者であり、海外の探偵小説や怪談を原書で読める綺堂だからこそ、捕物帳という新たなジャンルを創出できたといえますが、『半七捕物帳』を書いた動機については、よく分かっていません。そのため後世の研究者は、江戸っ子の綺堂が近代に入って失われていく江戸の面影を紙面に残すため『半七捕物帳』を書いた、探偵小説に江戸の文化や風俗を織り込む手法は、ビクトリア朝のロンドンを活写したホームズ・シリーズを参考にしたと考え、これが現在は定説になっています。

確かに、本書収録の「雪達磨《ゆきだるま》」の冒頭には「ここに紹介している幾種の探偵ものがたりに、何等《なんら》かの特色があるとすれば、それは普通の探偵的興味以外に、これらの物語の背景をなしている江戸のおもかげの幾分をうかがい得られるという点にあらねばならない」とあるので、失われていく江戸の面影を残すために綺堂が『半七捕物帳』を書いたとの解釈は納得できます。ただ注意しなければならないのは、頻発する火事に慣れ、焼け出されてもすぐに次の生活に移っていた江戸っ子が、〝宵越しの金は持たない〟に象徴される刹那《せつな》的で、新しもの好きの一面を持っていたことです。半七老人も、海外から次々と新しい文物が輸入される明治を楽しんでいたようです。それは「わたしの家」が「ランプをとぼし」、「普通の住宅で電灯を使用しているのはむしろ新らしい」とされた明治の半ばに、既に半七宅には「電灯」があったと書かれている「金の蠟燭《ろうそく》」からもうかがえます。これは綺堂も同じです。綺堂の俳句・漢詩集『独吟』には、「春風にシルクハットの飴《あめ》屋かな」「ネオンサインに蒸れて銀座の春の雨」「ロボットよ君にも春の愁ありや」「豚カツを食う江戸子が鰹《かつお》とは」「デパートを出て京橋や年の市」など、近代の風物を題材にした句が少なくないので、綺堂も近代になり変わっていく東京が決して嫌いではなかった事実が分かるのです。

ここから見えてくるのは、明治に生まれ新時代の教育を受けた綺堂が、失われていく江戸の面影を懐かしんだのではなく、山々亭有人らから話を聞き、幕末の江戸の文化や風俗を近代人として〝発見〟したのではないかということです。綺堂が描いているのは、封建的で、不衛生で、貧しかったリアルな幕末ではなく、近代人が興味を持ちそうな風物やエピソードをフィルタリングした〝もう一つのモダンな江戸〟なのです。綺堂が幕臣の息子で、江戸を知る老人が生きていた明治、大正から昭和初期に活躍したので勘違いされがちですが、綺堂のまなざしは、江戸を〝過去に存在した別の社会〟としか認識できない現代人に近いのです。『半七捕物帳』はもちろん、綺堂が残した歌舞伎や怪談が今も古びていないのは、綺堂がモダンな場所と時代として江戸を再構築したからであり、読者はいつ読んでも、現代を舞台にした小説と同じような感覚で、江戸の探偵物語に親しめるように作られているためなのです。

最後に収録作を簡単に紹介します。

「雪達磨」は、大雪が降った江戸市中に幾つも作られた雪達磨の中から死体が発見される猟奇的な事件が、思わぬ展開をたどるだけに意外性が大きくなっています。

綺堂は、「文藝倶楽部」の一九〇二年四月号に、旗本屋敷に「ビショ湿《ぬ》れに湿れしおれた女」の幽霊が現れ、子供が「アレ住《すみ》が来た、怖いよォ」と泣き叫ぶ「お住の霊」という怪談を書いています。「お住の霊」と同じ怪異を、論理的に解き明かす探偵物語に仕立て直したのが「お文の魂」なので、『半七捕物帳』は、誕生した時点から怪談のエッセンスが濃厚だったことが分かります。北村薫「織部の霊」（『空飛ぶ馬』所収）は「お文の魂」へのオマージュともいえる作品なので、二作を読み比べてみるのも一興です。

「山祝いの夜」は、箱根近くの宿場町、小田原に泊まった半七が事件に巻き込まれるので、トラベルミステリといえます。綺堂は箱根周辺が好きだったようで、現代ものの探偵小説『吉祥草』、少年向けの探偵小説『林檎《りんご》の秘密』も箱根が舞台になっています。

U・エーコ『薔薇《ばら》の名前』のトリックを先駆的に用いたかのような「筆屋の娘」は、『半七捕物帳』の中でもミステリとしての完成度が高い作品です。斬新なトリックは、それをメインにしても十分なのですが、綺堂は誰もがトリックに気付く丁寧な伏線を用意し、さらにトリックが判明しても簡単には解決しないよう事件を複雑怪奇にしていきます。ここからは、綺堂が探偵小説で最も重視していたのはトリックではなく、隠された因縁や人間ドラマだった可能性も見えてくるのです。

素人芝居に使う短刀が本物と差し替えられ役者の一人が死ぬ「勘平の死」は、歌舞伎の作者だった綺堂らしい作品です。捕物帳には、佐々木味津三『右門捕物帖《ちょう》』の「南蛮幽霊」、野村胡堂『銭形平次捕物控』の「花見の仇討《あだうち》」など、芝居で使う刀剣が本物に換えられて起きる殺人を描いた作品があり、本作はその原点です。後に綺堂は本作を戯曲にしているので、お気に入りの作品だったのでしょう。

石塚豊芥子《ほうかいし》が、文化文政期の町の噂をまとめた『街談文々集要』には、「文化三丙寅正月末」から、「夜分」に社会的な弱者を「槍《やり》にて突殺す事ありて、二月中頃より甚しく、三月初の頃少し此沙汰《さた》やみたる」とあります。四月には犯人が捕まり処罰されたようですが、その後も犯行が続き最終的には剣術の師範が捕まっています。この事件をモデルにした通り魔殺人を描いたのが「槍突き」で、綺堂が実際の事件をどのようにアレンジしたのかにも注目してください。

「少年少女の死」には、踊りのお浚い会が開かれた貸席から一人の少女が消え死体となって発見される事件と、大工の息子が急死し、大工に非難された母が自死する二つの事件が収められています。いずれの事件も背後には家族の〝闇〟があり、トラブルの犠牲になるのが子供であるという厳しい現実は、やるせない気持ちになります。

実の娘が生まれたため、養子の少女を追い出し、その少女が恨みながら死んでいった酒屋・津の国屋で、怪奇現象と陰惨な殺人が連続する「津の国屋」は、描かれる怪異も、半七が導き出した真相も、『半七捕物帳』の中で最も恐ろしいといえます。

本書の収録作には、理由なき殺人、児童虐待、北九州や尼崎で起きた一家監禁殺人を彷彿《ほうふつ》させる事件など、現代とも共通する心の〝闇〟、社会の〝闇〟を描いた作品があります。いつの時代も存在する普遍的な問題を掘り下げているところも、『半七捕物帳』が時代を超えて愛されている理由なのです。

（令和元年十月、文芸評論家）

【読者の皆様へ】

本書収録作品には、今日の人権意識に照らし、不適切な語句や表現が散見され、それらは、現代において明らかに使用すべき語句・表現ではありません。

しかし、著者が差別意識より使用したとは考え難い点、故人の著作者人格権を尊重すべきであるという点を踏まえ、また個々の作品の歴史的文学的価値に鑑み、新潮文庫編集部としては、原文のまま刊行することといたしました。

決して差別の助長、温存を意図するものではないことをご理解の上、お読みいただければ幸いです。

（新潮文庫編集部）

本書は、光文社文庫『半七捕物帳』（新装版全六巻）を底本とした。

英雄の書。
それは完全な物語。

すぐ、帰る支度をしなさい——。
学校の先生のひと言から、
森崎友理子の生活は一変した。
中学生の兄・大樹が同級生を殺傷し、失踪したのだ。
兄の身を案じる妹は、彼の部屋で
「ヒロキは〝英雄〟に憑かれてしまった」
という不思議な声を聞く。
兄を救い出すため、少女は現実と異界を巻き込む
壮大な冒険へと旅立つ。

新潮文庫の宮部みゆき作品
英雄の書（上下）
©藤田新策

ミステリー史に輝く
著者の代表作。

休職中の刑事、本間俊介は遠縁の男性に頼まれ
彼の婚約者・関根彰子の行方を捜し始める。
だが、彼女は自らの痕跡を徹底的に消していた……。
この女は何者なのか。
どうして自分の存在を消さなければ
ならなかったのか。
山本周五郎賞を受賞した傑作長編。

新潮文庫の宮部みゆき作品
火車
©藤田新策

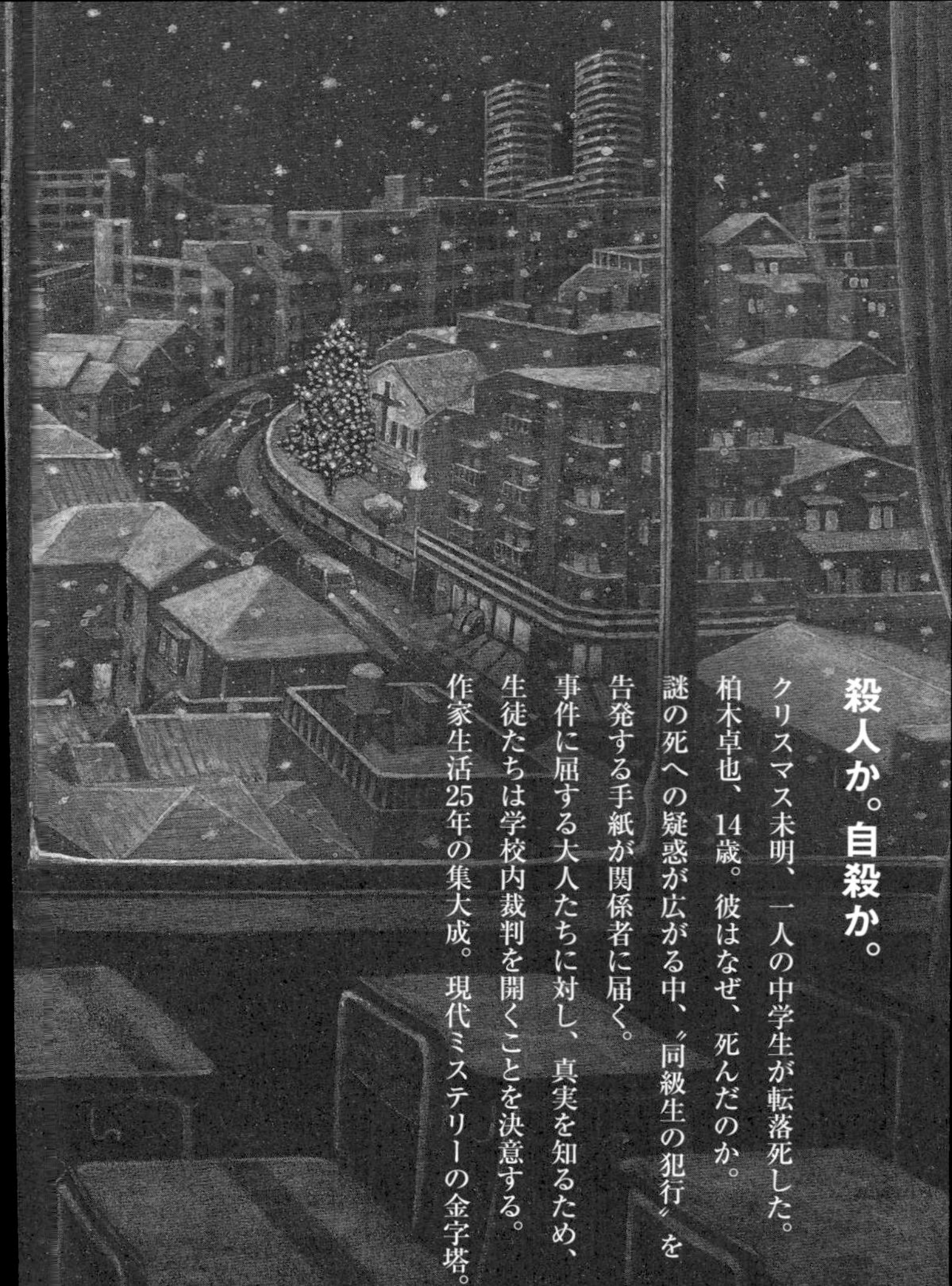
殺人か。自殺か。
クリスマス未明、一人の中学生が転落死した。
柏木卓也、14歳。彼はなぜ、死んだのか。
謎の死への疑惑が広がる中、“同級生の犯行”を
告発する手紙が関係者に届く。
事件に屈する大人たちに対し、真実を知るため、
生徒たちは学校内裁判を開くことを決意する。
作家生活25年の集大成。現代ミステリーの金字塔。

デザイン　鈴木久美

半《はん》七《しち》捕《とり》物《もの》帳《ちょう》

江戸探偵怪異譚

新潮文庫　み－22－121

令和元年十二月一日発行
令和四年十二月二十五日三刷

著者　岡《おか》本《もと》綺《き》堂《どう》
編者　宮《みや》部《べ》みゆき

発行者　佐藤隆信
発行所　株式会社新潮社
郵便番号　一六二―八七一一
東京都新宿区矢来町七一
電話　編集部(〇三)三二六六―五四四〇
　　　読者係(〇三)三二六六―五一一一
https://www.shinchosha.co.jp

価格はカバーに表示してあります。

乱丁・落丁本は、ご面倒ですが小社読者係宛ご送付ください。送料小社負担にてお取替えいたします。

印刷・錦明印刷株式会社　製本・錦明印刷株式会社
Printed in Japan

ISBN978-4-10-180173-5　C0193